名探偵再び
潮谷験
講談社

目次

装幀　川谷康久
装画　ミツ蜂
挿画　潮谷験

登場人物

時夜《ときや》翔《しょう》　私立雷辺《らいへん》女学園高等学校二年生

水間《みま》静香《しずか》　同三年生・新聞部部長

小花《おばな》早季《さき》　同一年生・美術部部員

真舟《まふね》奏子《そうこ》　同寮長・カウンセラー

蛾尾《がび》由姫《ゆうき》　同美術教師・美術部顧問

地原《ちはら》錠《じょう》　翔の伯父・県警捜査一課主任

時夜《ときや》遊《ゆう》　故人・翔の大叔母・雷辺女学園の名探偵

M　故人・雷辺女学園の大犯罪者

名探偵再び

序章

親戚《しんせき》に、名探偵がいたらしい。

そう聞かされたのは、物心ついたばかりの頃だった。私の実家は探偵業を営んでいたから、つまり名探偵とは誇張《こちょう》表現で、親族がそこそこ評判のいい探偵事務所を経営しているという話なんだろうと勝手に納得していたけれど、それは間違いだった。

私のおじいちゃんの妹――つまり大叔母は、十七歳の若さで世を去っている。彼女こそが、偽装でも誇大でもない、正しい意味での名探偵だった。それを理解したのは、二〇二三年春の出来事だった。

その前年、父親が経営していた探偵事務所が閉所の憂《う》き目《め》を見た。顧客に恵まれず、資金繰りも上手《うま》くいかず、事務所の土地を売り払ってしまった父親の気掛かりが、中学卒業を翌年に控《ひか》えた私の進学先だった。私たちが暮らしていた自治体でも高等学校の無償化制度は敷かれていたものの、高校生活に必要な様々な費用までカバーされてはいなかった。

私のために借金を積み上げる覚悟をした父親の下に、親戚から耳寄りな話が届いた。大叔母の母校である私立雷辺《らいへん》女学園高等学校では、学園に対して様々な形で貢献した生徒の親族一名に対して、特別に制服代・食事代・さらには寮生活を送る場合にはその諸費用さえ無償という制度が用意されているらしい。大叔母は学園の存続に関《かか》わるような重大事から雷辺を守った功績があるとのことで、私が受験を突破したならば、その制度を適用してもらえるそうだ。

雷辺の高等部も、大学部も、県内有数の偏差値を誇る名門だ。中卒を最終学歴にするつもりはなかった私にとって、それは魅力的な話だった。

晴れて入学試験を突破した私は、翌年の四月、学園の送迎バスに揺られていた。

県北部に連なる低山の合間を縫うように走行するバスは、集合場所だった市街地から数えて三つ目の谷間《たにあい》で速度を減じ、扇をさかさにしたような優雅な低山の麓《ふもと》で停車した。そこは円形のロータリーで、バスが入ってきた方向を除く三方が緩《ゆる》い勾配《こうばい》の丘になっており、ロータリーを見下ろすように校舎が建っている。漆喰《しっくい》を塗り固めた白壁と、サファイア色のうろこ屋根。高名な建築家が、若い頃に訪れたチュニジアとドイツのバイエルンの町並みにインスパイアを受けて設計したという雷辺の校舎群は、一見したところ、一棟のサイズはそれほど大きなものではなく、階数も三階建て以上の建物はない。学《まな》び舎《や》というより、ロータリーを中心にして、傾斜部に集合住宅が広がっているという印象だった。予備知識がなかったら、教育施設だとは思わないだろう。

降車口からステップを降りると、すでにバスの周辺には出迎えの人たちが集まっていた。職員と思《おぼ》しきスーツ姿と、制服姿が一：二程度。一方、バスに乗っていた私たちは全員、私服だ。制服は学内で受け取る段取りと聞いているけれど、上手く着こなせるだろうかと不安になる。茶色を基調にしたチェック柄のデザインは、どこか古風で浮世離れしていたからだ。

意外だったのは、軽く見回した限りでも、スカートの丈《たけ》が様々であるところだ。男子禁制の女学園といえば、厳しい校風に違いないと決めつけていたけれど、案外融通も利くのだろうか。

実情は、これから教えてもらえばいいだろう。このバスに乗ってきたのは、私も含めて、高等部から学園で学ぶ新入生ばかりだ。学園に不慣れな新入生に対して、教職員と上級生のコンビが学内を案内してくれる手はずだと事前に聞いている。バスの周囲に集まっているのは、その役割を担当してくれる人たちなのだろう。

「時夜《ときや》さーん、時夜翔《しょう》さんはいらっしゃいますか」

よく通る、落ち着いた声を聞いて、振り向く。

私の名前を呼んだのは、すらりと背が高いスーツ姿の女の人だった。隣に、ベリーショートの女の子を連れている。背の低い女の子は顔立ちも幼《おさな》げだけれど、案内役だとしたら、たぶん、二年生より上なのだろう。

初対面のときこそ、振るまいが肝心だ。人間関係というやつは、最初になめられたら何年も後を引く。二人の方へ駆け寄った後、私は卑屈にならない程度に口元を綻《ほころ》ばせ、ゆっくりと頭を下げた。動作は素早く、手足の振りは大きく、表情はゆっくりと。大物っぽい印象を振りまくためのコツだ。

「時夜です。お世話をおかけします」

「はじめまして。寮長の真舟《まふね》です。こちらは二年生の水間《みま》さん」

「ども。二年生で、新聞部副部長の水間っす」

水間と名乗ったベリーショートさんは、敬礼するように右手を頭の上へかざした。掌《てのひら》の裏側に、小ぶりのデジカメがストラップでぶらさがっている。

「一枚、撮ってもいいいですか」

いいですよと口にする前にシャッター音がする。マイペースというか、強引な人みたいだ。ふと、違和感を覚える。

ちらちらと視線を感じるのだ。思い返すと、真舟さんの呼びかけに私が応じた時点から始まっていたような気がする。

「ふふ、時夜さん、やっぱり注目されてますね」

真舟さんがまぶしがるように目を細めている。

「時夜遊《ゆう》さんのご親族がいらっしゃるのは初めてですから、衆目を惹《ひ》くのも無理はない話ですが」

「あの、私の大叔母、学園に貢献したって聞いてたんですけれど」

この数ヵ月、頭の隅《すみ》にあった疑問を口にする。

「雷辺の歴史に名前が残っているってだけじゃなくて、今も有名人なんですか」

寮長と新聞部副部長は悪戯《いたずら》を示し合わせるように視線を交《か》わしている。

「有名人なんて軽いものじゃないよ？　見て、あそこ」

ふいに水間先輩が指さしたのは、二階建ての校舎の前にある銅像だった。四角柱《しかくちゅう》の大理石の上に、制服姿の少女が膝《ひざ》を丸めて座り、宙へ手を伸ばしている。

「あれが何か」

「あれ、遊さんなんだよ」

ええっ……

思いもよらなかった事実に、私が心配したのは学園の財政事情だった。

「作るのにいくらかかったんですか。けっこう立派に見えますけど」

「そこは心配しないで。当時の美術部員と顧問が制作したから、材料費以外はタダ」

懸念を払うように真舟さんは手を振ったけれど、それはそれで、重たい。

生徒と教員が銅像を作り、それを学園内に常設することも許可され、何十年も撤去されていない……

私は銅像を凝視する。少女の顔は、平均的な美形という風で、私に似ているとも似ていないとも言い切れない。そもそも私は、少女時代の大叔母さんを知らない。アルバムで親族の写真を見たことはあったけれど、遊さんの写真は、もっと小さい頃のものしか残されていなかった。

「そっかあ。親戚の人は、かえって知らないのかもねえ。それなら私たちがご教示するよ」

にっかりと笑い、水間先輩はカメラを振り回す。

「校内には、名探偵・時夜遊の伝説があちこちに残されているからさ、案内しながら、一つ一つ教えていこう！」


最初に連れていかれたのは、ロータリーから見て北にある本部棟だった。正面に職員室、右手に警備員の詰め所があり、左手が大浴場エリアだという。

「珍しいですね。バスルームと職員室が同じ建物って」

「防犯上、その方が効率的なの」

寮長が物憂《ものう》げに目を伏せる。

「不審者が校内に侵入する場合、主な目的は盗撮と窃盗。狙《ねら》われそうな施設をひとまとめにして、同じ建物に警備員を配置しているわけ」

「ここ、けっこうな山奥ですよね。不審者って、こんなところまでやってくるんですか」

「たまーに現れるんだよ。ガッツのある変態が」

曲げた右手を、顔の横へ持ってくる水間先輩。力こぶを作ろうとして失敗したらしい。

「登山に来たんです女子生徒になんて興味はありません、ってガッチガチの登山装備に身を包んでさあ、道に迷った振りして校内に入ってくんの。すぐに警備員さんたちに放り出されちゃうけどね」

「はあ……そこまでするんですか」

「盗撮に比べると、泥棒の事例は少ないけれど、ゼロではない。学校施設はセキュリティが甘いと踏まれてるようで、やっぱり登山客を装って忍び込んでくるのよ」

楽園って、どこにもないんだなあ……

失礼な感想をこぼした私に、水間先輩はちちち、と指を左右に動かした。

「そうだけど、悪がはびこるからこそ、正義が舞い降りるとも言える。翔ちゃんに一つ目の名所を紹介するよ！」

水間先輩は、大浴場エリアへ通じる木製のドアへ私を導いた。ドア中央のフックに「準備中」と記した札がかけてある。その下に、アクリル製の白いプレートがはめこんであり、説明文が印字されていた。

名探偵・時夜遊　名所①大浴場昏倒《こんとう》事件

一九九三年六月、本大浴場内で、利用者が原因不明の昏睡《こんすい》状態に陥《おちい》る事件が数件発生した。原因は、室内の排水溝に仕掛けられた時限製の噴射装置。内部には、固体化した二酸化炭素――ドライアイス――が格納されていた。

名探偵・時夜遊は浴室を一瞥《いちべつ》しただけでこの仕組みに気づき、さらには現場に残されていたカカオの粉末を手がかりに犯人Aを導き出した。

しばらくの間、私は開いた口がふさがらなかった。

「こんなの、勝手に掲示していいんですか」

「勝手じゃないよ。先生たちの許可も取って貼《は》り出してんの。ていうか、学校の方から言い出した話らしいよ」

そこまで評価されてるの？

信じられなかった。大浴場を使用した生徒たちが次々に倒れてしまうのは大問題だろうし、それを解決した大叔母さんが賞賛されるのもわかる。けれども、後々までプレートを用意して掲示を続けるほどだろうか？

「この一件で終わりだったら、忘れ去られてしまったかもしれないわね」

寮長は指を伸ばし、プレートを撫《な》でている。

「でも、三十年前、この学園を襲った悪意は、この昏睡事件で終わりじゃなかった……それらすべてを、あなたの大叔母さんが解決してくれたのよ」

大浴場に案内してくれた後で、二人は私を学習棟の一つに誘《いざな》った。

最初に見たように、学園の校舎は小～中規模の建物が点在している形であるために、部活棟も、学習棟も一つではない。各棟用途に応じて役割を振られ、関係者以外には、どの建物がなんなのかわかりにくい構造になっている。寮長によると、これも防犯対策の一環だという話だ。

その部屋の入口には、「美術室」のプレートと一緒に、浴室の扉で目にしたものと似た形状のプレートも掲示されていた。

名探偵・時夜遊　名所②美術室殺人事件

一九九四年一月、本美術室の内部で、三年生Bの遺体が発見された。
遺体は後頭部を金属製のペーパーウェイトで殴打されており、何者かに殺害されたと思われる状況だったが、大雪のため、警察は学園に急行できなかった。
名探偵・時夜遊は関係者の証言と、現場に残されていた些細《ささい》な痕跡《こんせき》のみを手がかりにして、二年生Cの犯行であることを看破し、自首に導いた。

「殺人事件まで起きたんですか」

これも、私には初耳だった。

「それを、初動が早かったとはいえ、警察より先に解決するなんて」

「あれには痺《しび》れたわねえ」

真舟さんは大浴場の前でしたように、プレートを触っている。

「科学捜査の力を借りずとも、証言を集め証拠を見逃さず、合理的な道筋を用意することで、遊さんは最短経路で犯人を導き出したのよ。私、正直なところ浴室の事件に関してはまぐれかもって半信半疑だったけれど、この件で納得したわ。ああ、この人は本物の名探偵なんだって」

「待ってください。寮長はそのとき、学園にいらっしゃったんですか」

「そんな歳《とし》に見えないって？　それはどうも」

笑う真舟さんは、どう見ても二十代にしか見えないけれど、話が本当なら、当時、小学部だったとしても、最低でも三十代後半という結論になる。お肌つるつるですね、と正直に伝えると、お世辞が上手いのね、と頬《ほお》に掌を当てた。

「私は遊さんの一学年下だった。定期考査では首位の常連だったから、で、自分はこの学園で一番頭がいいだなんて思い上がっていたわ。そんな鼻っぱしらを、遊さんに叩《たた》き折られてしまったけどね。今でもあの人は、私の憧《あこが》れよ」

名探偵・時夜遊　名所③グラウンド雪密室殺人事件

一九九四年十二月、本グラウンドの陸上競技用フィールド中央部で、仰向けに倒れた生徒Dの遺体が発見された。遺体の胸元には登山用ナイフが突き立てられていた。

当時、学園は大雪に見舞われ、遺体の周辺には雪が降り積もり、校舎から遺体の位置まで延びている足跡は被害者のものと思われる一人分しか見当たらなかった。

自殺と解釈するしかない状況に困惑する捜査陣に対し、名探偵・時夜遊は足跡を残さずに被害者を殺害するトリックを看破、この手法を再現することで犯人を特定できると助言を与えた。結果、生徒Eが犯行を認めた。

「どんどん名探偵らしくなってきた」

続いて案内されたのは、最初に降りたロータリーから東の勾配を越えた先にある陸上競技用グラウンドだった。当時はどうだったかわからないけれど、衝撃吸収用の赤いシリコンが敷設されたトラックに囲まれたフィールド、その片隅《かたすみ》に銅像の台座と同じ形状の四角柱が生え、例のプレートが光っている。

私は信じられない思いでプレートの文字を追った。今回は警察に先んじるどころか、警察にアドバイスしている？　ただの女子高生が？

「突拍子もない話に聞こえるでしょうけれど、遊さんのカリスマはすさまじかったから」

今の人には実感できないでしょうね、と寮長は肩をすくめる。

「それに、学内のもめごとや問題は、プレートに残されているもの以外にも頻発していたのよ。名所を作るほどではなかったそういう小さいアクシデントに対しても、遊さんは逐一《ちくいち》身を投じ、適切なアドバイスを与えていた。些細な問題でも、当事者にとっては大事《おおごと》に感じられるものでしょう？　学内の皆が、彼女を大好きになった。誰もが彼女に感謝して、遊さんの手助けをしたいって願っていた……私ね、何度か、小さな事件を解決するために、彼女に助力できたのよ。あのときはうれしかったなあ」

いいなあ、と声を上げる水間先輩を前に、寮長は、大人げないくらい自慢げに胸を張っている。

私はだんだん、不安になってきた。皆、大叔母さんに対して、こんな感じなんだろうか？

寮長は、本人を目の当たりにしているのだから、まだわかる。大叔母さんが、有能な人で、他人を引きつける魅力を備えていた点は確かなのだろう。

けれども、当事者でもなんでもない水間先輩まで大叔母さんを尊敬しているらしいところは、正直言って、怖い。学園全体がこういう雰囲気だったとするなら、それはもう、大叔母さんを崇拝する宗教団体みたいなものじゃない？

「あのう、この名所ってあとどれくらい残ってるんでしょうか」

おそるおそる二人に訊《き》くと、「これで終わりよ（だよ）」と返ってきた。

心の中で胸を撫《な》で下ろす私に、寮長は気遣《きづか》うような視線を送ってきた。

「プレートが用意されている『名所』はこれで終わり。あと一ヵ所は、名所呼ばわりするのが不謹慎な場所だから。ご親族である翔さんには申し訳ないけれど、よかったら、ついいてきてほしいの」

大丈夫です、と応《こた》える。

大体想像はついていたからだ。

私の大叔母さん、時夜遊は、この学園で生涯を終えている。
これから案内されるのは、彼女の、終焉《しゅうえん》の地だろう。

ロータリーから見て北方《ほっぽう》の勾配を上るといくつか校舎を突っ切った先に森が広がっている。その向こうには小高い丘があり、中腹にある切り立った崖《がけ》から、しぶきを上げて滝が流れ落ちていた。

雷辺の滝。数百年前までは雷変という字があてられていて、この滝に落ちた獣が、雷の精に転じ、天に昇ったという伝承が由来になっているらしい。

寮長と水間先輩は、それぞれ小ぶりの花束《はなたば》を持参していた。二束用意していた寮長は、一つを私に分けてくれる。

この滝へ来た生徒や職員は、花束を滝へ投げ入れるのが決まりになっているそうだ。

「環境破壊は心配しないでいーよ」

水間先輩がウインクした。

「この花束全部、この丘や森で採れる植物で編んであるから、飛び散っても大丈夫」

つまり、それだけ頻繁にお参りにやってくるという意味だ。

「大叔母さんは犯罪者と一緒にこの滝へ落ちたって聞いてます」

詳しい経緯は知らないんですと伝えると、だったら正確なところを聞いてもらわないとね、と真舟さんは息を吸い込んだ。

「一九九三年から九五年にかけて、学園では大小様々なアクシデント、もめごと、犯罪事例が頻発していた。それまで、比較的平穏な時間が流れていた学園の、どこがどう変容してそうなってしまったのか？　根本的な疑問を抱いた遊さんは、一つの結論に行き着いた。それは、共通の悪意が存在する、という結論。生徒や職員たちに対して害意を抱き、彼らの不幸と破滅を願い、様々な手法を尽くして無垢《むく》な人々の魂に揺さぶりをかけ逸脱に走らせ、犯罪に手を染めるように誘導している真性のサディストが巣くっているのではないか？　推論を巡らせ、やがて遊さんは、ある人物に的を絞った。こともあろうに、その人は、この学園の理事長だった」

そこまで言って、滝の寒さのせいか、寮長は身を震わせた。

「Mという理事長は、遊さんが自分を告発するに足る材料を手中に収めつつあると気づき、学園から逃走を図った。もちろん、名探偵がそんな行為を見逃すはずもない。けれども狡猾《こうかつ》で見切りを付けることも得意だったMの決断はあまりに早く、追いすがろうとした遊さんは、私を含めた彼女の協力者たちを招集する暇もなく、たった一人でMを追跡するしかなかった。その結果が、この地の悲劇」

寮長と水間先輩は、同調するように視線を水面《みなも》へ注いでいる。

「遊さんとMが、もみ合いになり、二人して滝壺《たきつぼ》へ足を滑《すべ》らせてしまった光景を、遊さんの知人が目撃している。警察や救助隊が手を尽くしたけれど、遊さんの遺体は発見できないまま」

私はお彼岸の光景を思い返していた。時夜家先祖代々の墓地を何度も訪れているけれど、あの中に、大叔母さんは眠っていないことになる。

「一方、Mの遺体は見つかった。あちこち欠損して、無残な姿をさらしたMとは対照的に、髪の毛の一本さえ回収されなかった遊さんは、だからこそ神秘性を得て、学園に伝説として刻まれたとも言える」

滝のしぶきは、春でも冷たかった。

「これが、名探偵・時夜遊伝説のすべて」

こちらの感傷を打ち切るように、寮長が事務的な口調で言った。

「それ以来三十年間、遊さんの親族はこの学園に在籍していません。翔さん、あなたに注目が集まるのは避けられないと考えています」

「私、探偵の真似事《まねごと》なんてしたことありませんよ」

最初から断言しておく。確かに実家は探偵事務所を経営していた。親戚の中には、県警に奉職している伯父さんもいる。一般的な家庭と比べたら、犯罪捜査が身近な環境で生まれ育ってきたのは否定できないだろう。だからといって、雪の密室を解き明かしたり、犯人を指摘したりできるはずもない。

けれども寮長は言った。

「それは、入学したときの遊さんも同じでした」

夕方、私はこの日からお世話になることが決まっている女子寮の一室で、宿題の山に囲まれていた。

宿題といっても、入学前の学生にそんなものは課せられていない。私にとって個人的な宿題、つまり大叔母の遊さんに関する様々なテキストだ。『名探偵・時夜遊の記録』『名探偵と雷辺女学園』『時夜遊の事件簿』『時夜遊の生涯』……すべて雷辺女学園が発行した、大叔母さんに関する出版物だ。

奥付を確かめると、どの書籍も二十刷を突破していて、ちょっと怖い。誇張でも何でもなく、大叔母さんは、この学園の中で伝説を築いている。これからの学園生活の中で、私が名探偵の子孫と見なされることは避けられないだろう。そう考えた場合、大叔母さんの偉業について詳しくなかったら、皆を失望させてしまう。

というわけで、授業が始まる前に、私は予習に励《はげ》んでいるのだった。

ちなみに資料の山は、同室の先輩の私物をお借りしたものだ。寮は基本的に二人部屋で、違う学年をルームメイトにする決まりだった。私の同室は、水間先輩。喜んでいいのかわからない。

まあ、なんとかなるよね。

読み終えた『写真資料でひもとく時夜遊伝説』を机に置いて、私は深呼吸する。結局、これまでと大して変わらない。虚勢を組み上げて生きていくだけだ。

私は自分自身の能力を、五段階評価ならオール四くらいと見積もっている。けれども周囲の人たちに対しては、それ以上に優秀な人材だと見せかけ、信じさせることが得意技だった。その方法で、学生生活につきものの仲間はずれ、いじめ、疎外などを逃れ、安全地帯で暮らしてきた。

人間、どれくらいの能力値に恵まれているかを披露する機会なんて、めったに訪れない。だから自分を実力以上にすごい人間に演出することで、尊敬され、尊重される。

これまでの生活では「なんとなくすごそうな人」を装ってきたけれど、この雷辺では具体的なモデルが用意されている。ようするに、「名探偵っぽさ」を演出しつつ、三年間を送ればいいだけの話だ。

そもそも名探偵が求められるような難事件なんて、めったに発生しないはずだ。資料によれば、三十年前に雷辺で発生した奇怪な事件の数々は、偶然ではなく、Mという悪党が背後で糸を引いていたと説明されている。そのMは、名探偵と共に世を去った。Mみたいな特異な人間が再び現れない限り、ややこしい事件が頻発する事態になんて陥らないはずだ。

やれる。大丈夫。三年間、「なんだかすごそうな名探偵の子孫」を演じ続けよう。

こうしてなにごともなく、一年が経過した。

予想通り、殺人事件も雪密室も昏倒騒ぎも発生することなく、私はそこそこいい空気を吸いながら学園生活を送っている。

学生・教職員を問わず、皆に一目置かれるのは気分がよかったし、時々事件とはとても言えないような小さな問題に関して助言を求められはしたけれど、その場合はこれまでに培った自己演出力でなんとかなった。常識的な解決方法に、格好よく聞こえる表現や仕草《しぐさ》をちりばめて回答すれば、皆、それなりに納得して感謝してくれたのだ。

私は危機感を和らげていた。これなら、残る二年間もなんとかなりそう。

大浴場で盗難・脅迫事件が発生したのは、その直後だった。

第一章　消えたポラロイド

とある観客の記録①

私が雷辺の滝を再び訪れたのは、名探偵が命を落としてから三ヵ月が経過した夕方だった。

気持ちの整理がついたため、時夜遊に祈りを捧《ささ》げる決心ができたからだ。手を合わせても十字を切っても、あの類《たぐ》いまれなる天才は、信仰なんてくだらない、と笑い捨てるのみだろう。それでも、ある種の手続きか儀式のような気持ちで、私は滝壺の前に跪《ひざまず》き、天才たちの冥福《めいふく》を祈った。

滝は、三ヵ月前に比べると、やや水量を減らしていた。上流で崖《がけ》崩れが発生したと伝わっているから、その影響かもしれない。以前の捜索作業では熟練の救助隊員さえ足を踏み入れることをはばかったような地点まで水が引き、岩石が露《あら》わになっていた。

その岩肌に、光るものが引っかかっていた。ひとかけらの、骨に見えた。

近寄った私が骨に触ったとき、信じられない光景が目の前に現れた。

そこに立っていたのは、時夜遊だった。

水死したはずの名探偵が、私を向いて微笑《ほほえ》んでいた。

その身体《からだ》は、薄く透けて、背後の滝が見えた。

――私が見えるのね？　お願い、やってほしいことが――

その声を聞いた瞬間、私は振り返り、全速力でその場を離れた。

なんということだ。

あの光景は、幻覚などではない。私は自分の状況認識力を信じている。

理屈も理論もわからない。ただ、現実を見た。水死した名探偵・時夜遊の霊魂・意志・思考のような何かが、あの場所に留《とど》まっている。

なぜ、留まっているのだろうか？　時夜遊という人間が骨の髄まで、いや、魂の奥底まで探偵だったからだろうと私は推測する。死してなお、肉体を失ってまでも、彼女はこの学園に留まり、謎《なぞ》を解き明かし続けたいと願っているのだろう。

ふざけるな！

何度思い返しても、ふつふつと怒りがこみあげてくる。

あってはならない。そんな願いも意図も、存在してはならない。

幸いなことに、それ以降、滝壺で名探偵の幽霊を見た、などという噂《うわさ》が流れるような事態には至らなかった。おそらく幽霊の姿を視覚に収め、声を聞くためには条件をクリアしなければならないのだろう。その条件とは、おそらく骨。名探偵の骨に触れることだ。誰一人として、岩に残っていた骨の欠片《かけら》に気づかなかったか、触ろうとは思わなかったのだろう。

数週間が経《た》ち、裏山の崖崩れが復旧したせいか、滝の水量も元に戻って、岩肌も再び隠れてしまった。

私は胸を撫で下ろす。学園の栄光、濃縮された知性の具現化、お伽噺《とぎばなし》が現実に飛び出してきたような存在だった名探偵、時夜遊。

彼女の伝説に、水を差すような出来事が起こるなんて、許されるべきではないからだ。たとえそれが、時夜遊その人の望みであったとしても。

進級して一ヵ月が経った五月九日。

夕食後、寮内の自室で『自主制作ドラマ名探偵・時夜遊』の動画を視聴していた私は、控えめなノックの音に、入口を振り向いた。同室の水間先輩は新聞部のミーティングがあるそうで、部屋には私一人だった。

「寮長の真舟です。時夜さんは在室ですか」

いますけど、と応えてドアを開ける。

「今、時間は大丈夫?」

「一時間くらいなら」

顔を覗《のぞ》かせた真舟寮長は部屋の中を一瞥して、

「水間さんはいないみたいですね」

「呼んできましょうか？」

「……呼ばない方がいいわね。彼女、報道の自由をはき違えがちだから」

お邪魔します、と寮長は中へ入ってきた。その後ろをついてきた小柄《こがら》な女の子が、ぺこりと頭を下げる。背負っていたナップザックがかさかさ揺れた。一度、挨拶《あいさつ》した記憶はあるけれど、名前が出てこない。

「こちらは小花早季《おばなさき》さん。今年、入寮した一年生」

そういえばそんな名前だった。小ぶりな建物の集合体で構成されている雷辺女学園は、学生寮も分散しているため、寮生同士でも、あまり面識がない例もある。忘れてないよ、と彼女にアピールする目的で微笑んだ私は、私と水間先輩、それぞれの勉強机からイスをひっこ抜いて部屋の中央に並べ、二人に座ってもらった。寮生の部屋は、正方形の室内の右辺と左辺にベッドが備え付けられていて、ベッドの前方、入口から遠い窓側に勉強机が設置されている。ベッドとベッドの間は、一メートル半程度しかスペースがないために、テーブルを調達するかどうかは住人のこだわり次第。私と水間先輩の場合、床の上に教科書や各種資料が山のように積み上がっている。

何か飲み物はと訊くと、二人とも要らないという返事だった。冷蔵庫や台所は廊下の先の共用スペースにあるため、私に取りに行かせることを気遣ってくれたのだろう。

「出し抜けで申し訳ないけれど、時夜さんの意見を聞かせてほしいのよ。小花さんから打ち明けてもらった相談がね、どうにも、私の手に余るもので」

面倒な案件っぽいな、と警戒する。

真舟さんは、寮長の他に学内カウンセラーの役割も担っている人だ。学園内に設置されているカウンセラールームで、寮生・通学生を問わず相談を受け付けている。相談内容に制限はなく、進路就職・学業・友人関係・恋の悩みなど、どんな問題にも親身に対応してくれると、皆から高評価だった。

だとするとこれから聞かされるのは、真舟さんでも解決できない、もしくは学生の内々で処理した方がいい問題ということになる。

「デリケートな話題みたいですけれど、私が聞いても大丈夫なんですか」

「時夜先輩に聞いてもらいたいんです」

一瞬だけ背筋を伸ばした小花さんは、すぐに身を縮めてしまった。

「こんなこと、親にも相談できなくて……名探偵の時夜先輩なら解決してくださるんじゃないかって」

「私は名探偵じゃないよ。親戚がそうだっただけ」

そこは一線を引いておきたい。私は慎重に言葉を選ぶ。

「確かにこれまでも色々相談を受けたりしてる。でも、たかが生徒の意見だし、真舟さんよりよい答えは出てこないと思うよ。それでも、打ち明けてくれる？」

構いません、と少し肩を下げて、小花さんは背中のナップザックを外し、その中からカメラを取り出した。

普通のカメラじゃない。上辺にスリットが入っていて、撮影するとそこからプリントされた写真が排出される、インスタントカメラとか、ポラロイドカメラとか呼ばれている製品だ。カードスロットやケーブル挿入口が見当たらないので、データを残さない仕様の製品だろう。

「先週から、校内でフリマが開かれてるじゃないですか。これ、そのとき見つけて。五百円でいっぱい売られてて、デザインかわいいし、どんな写真が撮れるかわからないって、面白いって思って」

スマホにカメラアプリが標準搭載されている現代の女子高生には信じられない話だけれど、ほんの三十年くらい前まで、カメラは写真を撮っても内部のフィルムを現像するまで、出来映えを確認できない仕様だったらしい。インスタントカメラの場合、撮影してすぐに写真がプリントされるけれど、やり直しはできない。デジカメに比べるとまだまだ不便だけど、一発撮りのスリルが楽しくて、私たちの世代でも、玩具《おもちゃ》感覚で購入されることもある。例えば学園祭の打ち上げなんかで活用されているみたいだ。ニーズがなくなったら、学園内のフリマで売り出されるために、代々、生徒の手を渡り歩いていることになる。

「友達と一緒に、色々撮影して遊んでたんです。最初は、部屋とか植物とかが被写体だったけど、そのうち、セルフポートレートを撮るようになって、だんだん、テンションが上がっちゃって——」

そこまで言って、小花さんは俯《うつむ》いた。耳がほんのり赤い。

「その、ええと、エッチなやつを撮っちゃって」

「エッチってどのくらい」

喰《く》い気味に訊いたせいか、一年生は黙り込んでしまった。真舟さんが助け船を出す。

「そんなに大したものじゃあなかったそうよ。大浴場の脱衣場で、下着姿を撮影したんですって」

「私だけじゃなくて、友達全員です。ばかなことしたって思います」

なんとなく流れがわかってきた。

「ひょっとして、その写真が、なくなった？」

「盗まれたんです」

かちかちと歯が鳴った。

「皆でお風呂《ふろ》に入っていたら、その間に」

「盗まれたのは間違いないわけ？　どこかに置いたまま忘れちゃったとか」

「それはないと思います。写真と一緒に脅迫状が届いたから」

これです、と小花さんは再びザックを開き、クリアファイルに入ったルーズリーフを一枚差し出した。

写真を貼り出してほしくなかったら、十日以内に一人十万円を支払うこと。
支払いは旧札で、まとめて封筒に入れて夜間に時夜探偵像の台座に貼り付けておくこと。封筒の上から白紙を貼り付け、「調整中・除去不可」と記すこと。

十万円。リアルな金額だ。アルバイト経験がない子でも、お年玉なんかを貯めていたなら払えなくもない数字。

支払い方法についても考えている。夜なら人目につきにくいし、どこかの部署が破損検査か何かをしているみたいに見せかけたら、短時間なら、誰も手を出さないだろう。

「それで、脅迫に応じるかどうか迷ってるわけだ」

「それだけなら、私たちだけでなんとかしたかもしれないんですけど」

膝の上に置いた拳《こぶし》が震えている。

「その、写真を盗んで、手紙を送ってきた人って、私の知ってる人かもって思うんです」

私が黙っていると、小花さんは覚悟したように核心へ入った。

「というより、一緒に写真を撮った中に、犯人がいるんじゃないかって」

それきり黙り込んでしまった一年生の肩に、真舟さんが掌を載せる。

「事前に状況を聞き取ってあるから、詳しい経緯は私から説明するわね」

真舟さんはスーツのポケットから小さなリングノートを取り出した。

「小花さんがフリーマーケットでポラロイドカメラを購入したのは五月二日。翌日の夕方、校内を歩き回って撮影に興じているうちに汗をかいたので、大浴場で洗い流すことにした」

寮の大浴場は職員室や警備員詰め所と同じ建物にあり、平日は午前七時から授業中を除いて午後八時、休日は午前七時から午後六時まで入浴できる。休日の利用時間の方が長く設定されているのは、部活動の自主練習終了後のニーズに対応するためだ。バスルームは、寮の各棟にも一〜二室程度設置されているものの、こちらは個人用で、順番待ちになる場合も多いから、同性に肌をさらすことに抵抗がない寮生は、基本的に待ち時間のない大浴場を利用しているみたいだ。二年生になっても他人の目が気になる私は、可能な限り寮のバスルームを使っているけれど、小花さんはこの一ヵ月ですっかり順応しているらしい。

問題の大浴場は、校内の案内図には「大浴場エリア」と記されている区域にあり、脱衣場の奥にある。時夜遊の事績を記したプレートがはめこまれている扉を開くと、そこが脱衣場。中央部分にロッカーが十八、壁面に鏡台が七つ設置されており、衣服や貴重品をロッカーに保管した上で、大浴場を使用する。

「このとき、脱衣場にいた先客は三人だけ。全員、小花さんと同じクラスの海里《みさと》さん、泡緑《あわみどり》さん、予鳥羽《よとば》さん。制服を脱ぎながら、悪戯心《いたずら》を起こした小花さんは、鏡に映る自分の下着姿をカメラで撮影し始めた。これに今言った三人が興味を示して、自分たちも使ってみたいと言い出したので、ちょっとした『撮影会』が開かれることになったの」

「……本当にうかつでした」

消え入りそうな小花さんの声。

「そんな写真を残したら、危ないのは知ってたんです。でもスリルっていうか、ちょっと悪いことをしてるんだって思ったら、ぞくぞくして」

「これに懲《こ》りたら、今後は気を付けること……話を戻すわね。五分くらい経った頃、女性警備員が巡回に入ってきた。よくないことをしているという自覚があった四人は、あわててカメラと写真を小花さんのロッカーに隠し、大浴場へ向かった。このとき、焦っていたせいか、小花さんは、ロッカーのダイヤル錠を適当に設定してしまった」

ダイヤル錠は、文字盤にある1～10の数字のうちどれか四つを入力した後、「施錠」ボタンを押すと、入力した数字が解錠パスワードになるという仕組みのものだ。鍵《かぎ》を使用するロッカーに比べると、鍵を紛失する恐れがないという利点はあるものの、パスワードを設定する際に、傍《そば》から読み取られてしまう可能性がある点がウィークポイントだった。

「1112か1211とか、簡単な数字だったと思います。一度も盗難になんか遭ってなかったから、油断してたんです」

「大浴場の中に他の利用者はゼロ。小花さんたちは三十分程度中にいたけれど、他の利用者は入ってこなかった。お風呂を上がった順番は、泡緑さん、海里さん、予鳥羽さん、最後に小花さん。小花さんが脱衣場へ戻った時点で、他の三人はまだロッカーの前にいて、小花さんも誘って校外にあるカフェへ行く相談をしていた。ところが小花さんがロッカーを開くと、写真が見当たらなかったから、カフェどころではなくなってしまった」

確かに話だけ聞くと、写真を持ち去った犯人は、海里・泡緑・予鳥羽の誰かだと思われる。あえて容疑者を追加するなら警備員だけど、巡回に入ってきた直後に、状況を理解した上でパスワードを記憶するなんて難しいだろう。

小花さんが自分を撮り始めてから、急いで浴室へ向かうまで、脱衣室には四人きりだった。つまり四人が浴室にいる間に無関係の窃盗犯が脱衣室を訪れ、施錠されている四人のロッカー解錠に一つ一つ簡単なパスワードを入力して解錠を試みた上、偶然、小花さんのロッカーに成功して写真を持ち去った——という展開は、可能性がゼロとは言い切れないけれど、考えにくいものだ。クラスメイト三人のうち誰かが、小花さんの使った簡単なパスワードを目撃していた、という筋書きの方が説明しやすい。

「写真を紛失したと聞いて、海里さんたちはパニックになりかけてました」

私もですけど、と小花さんは顔をしかめる。

「本当に盗難？　どこかに落ちたんじゃないのって話にもなって、ゴミ箱とかロッカーとロッカーの隙間《すきま》とか漏れなく確認したけど見つからなくて。警備員さんが、何かありましたかって訊いてきたけど、言い出せなくて。でもうやむやにはできなかったから、外へ出てから、海里さんたちに頼んだんです。疑うことになって申し訳ないけど、全員、持ち物を確認させてほしいって」

場合によっては、友情を壊しかねない提案だ。この子、思ったより勇気がある。

「全員、鞄《かばん》を開放してもらって、制服の上から触りっこしてポケットや服の中に隠してないかもチェックしたけど、ムダでした」

私もポラロイドカメラは使ったことがあったけど、けっこう分厚いプリント用紙だったはずなので、それで引っかからないとは考えられない。

ロッカーから写真を盗み取るまではいい。例えば最初に脱衣場へ戻った泡緑という一年生なら、誰もいない脱衣場で小花さんのロッカーを解錠して、写真を入手するくらいわけはなかったはずだ。残る二人にしても、隙を見てロッカーを開く→写真を取り去るくらい、不可能とは言えないだろう。

しかし、その後は？　鞄にも、衣服の中にも忍ばせていなかったのなら、写真はどこへ行ったのだろう？

「そのとき撮った写真、何枚くらいだったの？」

「十五枚でした。プリント用紙を使い切ったので、正確にわかります」

重ねたら、けっこうな分厚さになる。ますますわからない。

「結局、脱衣場で写真は見つからなかった。警備員に怪しまれるかと思い長居もできなかったので、仕方なく四人は大浴場を後にした」

「どこか見落としがあるのかもしれないね、気づかなかった床板の合わせ目とかに落ちたのかもねって、そのときはそこまで悲観してなかったんです。でも、次の日になって、寮のメールボックスに私宛《あて》の手紙が入っていて」

一年生の視線が、先ほど広げた脅迫状に落ちる。

「手紙が入っていた封筒の中には、証拠のつもりか、ポラロイドの写真が一枚だけ添えてありました。下着姿の海里さんを写したものでした……」

小花さんは、私に向かって深々と頭を下げた。

「あんな写真をばらまかれたりしたら、耐えられません。先生にも怒られるだろうし、学校の外までばらまかれたら……男の子に見られるなんてぜったいいやです。お金を払っても返してもらえるとは限らないし、友達を疑わなくちゃいけないのも、しんどくて。勇気を出して、真舟さんに相談したんです」

「犯人が誰かわかったなら、私は、カウンセラーとしてその子に会って、こんな悪さはやめるよう、説得するつもり。だけど、断念させる材料として、あなたが盗んだのはわかっているのよって突きつけるための理屈がほしいのよ。時夜さんなら、よい考えを思いつくんじゃないかって期待しているの」

「お願いします。時夜先輩、助けてください」

「私からもお願いするわ。手を貸してください」

深々と頭を下げる二人を前にして、私は心の中で呻《うめ》いた。

これは、警察に任せようとは言えないやつだ。

数枚の写真とはいえ他人の持ち物を盗み出し、それを使ってお金を払えと脅迫する行為は、誰にも疑いようがない犯罪だ。

犯罪なら、警察に対処を全振りするのが本当は正しい。名探偵だろうがなんだろうが、法律には逆《さか》らえない。

けれども今回、脅迫の材料に使われているのはうら若き乙女（私もそうだが）の下着姿。デリケートだ。センシティブだ。軽率な遊び心が原因とはいえ、小花さんは学園の外にまで、できれば学園内にもこの話を広めたくないのだろう。

だから内々に解決してもらいたくて、カウンセラーや名探偵（他称）を頼っている。

ここで「警察に通報しようよ」なんて口走ったら、評判を著《いちじる》しく損《そこ》なってしまう。

この一年間、名探偵の係累という肩書と上手く付き合い、利用してそれなりに気持ちよく日々を送ってきたのに、残り二年が針のむしろに変わってしまいかねない。

だから私には、こう答える他に選択肢は残されていなかった。

「わかりました。この事件、時夜翔が引き受けます」


翌朝、六時三十分。

私たち四人は、大浴場エリアの入口前に立っていた。

四人。追加メンバーは水間先輩だ。小花さんと真舟さんが部屋を辞去しようとドアを開いた途端、すぐ外に新聞部へ向かったはずの水間先輩が立っていた。ドアに聞き耳を立て、一部始終を把握していたらしい。ジャーナリスト志望の嗅覚《きゅうかく》は侮れない。

「あの水間さん、この件は本当に内々で処理したい、繊細な問題だから」

困惑顔の真舟さんを遮《さえぎ》り、水間先輩は笑顔で言い切った。

「ご心配なく。記事にはしません。興味本位です！」

最低なセリフを聞き流しながら、私は大浴場エリアのドア——相変わらず大叔母さんの事績を記したプレートが飾られている——を開く。入口の手前で靴を脱ぎ、ドアの内側に用意されている脱衣場用のスリッパに履き替えた。

ドアを開いてすぐ視界に入ってくるのが、無人の脱衣場に立ち並ぶロッカーと、壁を飾る大きな鏡だ。犯罪者のつもりになって眺《なが》めてみると、鏡が恐ろしい。思いもよらない角度から目撃されそうで、よほど慎重に行動しないと命取りになりそうだ。

適当に選んだロッカーの扉を開く。内部は、左右に伸びるスチールのパイプと、平らな棚が溶接されているだけのシンプルな構造だ。中には脱衣カゴがあるだけで、タオルやシャンプーは利用者が自前で用意する決まりになっている。

さらに奥へ。曇りガラスの引き戸を右に動かすと、無人の大浴場が広がっている。

「このまま中へ入っても大丈夫」

管理課に許可を取ってるから、と真舟さんが言う。盗難の件を漏らすわけにはいかないから、適当な口実を考えてくれたのだろう。大浴場は朝七時から。三十分で、何か突破口をつかまなければ。

四人で中へ入る。引き戸の内側にスリッパを脱ぐスペースが設けられている。ついでに靴下も脱ぎ、裸足《はだし》になった。服を着たまま浴室に足を踏み入れるのはなんだか新鮮だ。右手に積んである洗面器を一つ、持っていく。

正面に浴槽。奥にある蛇口からお湯が注がれている。左右にシャワー台が立ち並び、簡素なイスが真下に置いてある。

とくに私が気になっていたのは、この大浴場に、四ヵ所用意されている排水溝だった。大浴場の床全体は正方形に近いデザインで、排水溝は、四つの辺をなぞるような位置に空いている。溝は剝《む》き出《だ》しではなく、スリットが入ったステンレスのカバーで覆《おお》ってあるけれど、見たところ、接着もネジ留めもされていない。

「この中で、他の三人は洗面器を持っていた？」

私の質問に、小花さんは少しだけ首をひねってから答えた。

「はっきりしませんけれど、たぶん、そうだったと思います。普通洗面器は使いますから、手ぶらだと印象に残るでしょうし」

「それぞれ、洗面器をタオルで覆ったりとかは？　そうやって写真を隠していたかも」

「三人とも、胸とかを隠すためにタオルを使ってましたから、それはなかったと思います」

私は洗面器を持ったまま小花さんたちと距離を取り、あちこち歩き回って見せた。

「今、洗面器の中見えてる？」

三人とも、見えないと返事をよこしてきた。

現在、タオルも手ぬぐいも持参していない。洗面器の中に写真を放り込んでいたとしても、角度に気を付ければ見とがめられはしないだろう。

三人の近くへ戻り、また小花さんに訊いた。

「警備員さんが巡回にやってきて、急いでお風呂へ向かったときの順番は覚えてる？」

はっきりとは無理ですけど、と一年生は前置きした上で、

「私と他の三人とはけっこう離れてました。まずい、写真を隠さなきゃって急いでロッカーにしまって、下着を脱いでそれもロッカーに入れて……パスワードをかけてからここへ来たとき、私一人でした。まずシャワーしようって座るところを探していたら、まず泡緑さん、それから海里さんと予鳥羽さんが一緒に来たような」

「写真が盗まれたのは、皆がここへ入ってくる前とか？」

水間先輩が言う。私と同じ考えだった。

「誰か一人が、他の三人の目を盗んでパスワードを打ち込んで、小花さんのロッカーから写真を盗み出す。写真は、タオルに隠してここに持ち込んだ後、洗面器に移したらいいんじゃない？　時夜ちゃんが実演した限りだと、位置と角度に気を遣ったら、中身は見えないみたいだし」

「私もそう考えましたけど、洗面器を使う場合、問題があるんです」

引き戸の近くに積み上げられている洗面器を指さして言った。洗面器は入浴後、最初に積んであった場所に返却する決まりになっていた。

「洗面器に隠しておけるのは、この大浴場の中までで、ロッカーでは使えないはずなんです」

「洗面器がだめなら、手ぬぐいとかタオルに隠すとか」

「どっちも、お風呂上がりの段階だとお湯に濡れてるじゃないですか。写真を隠したら、ぐずぐずになっちゃいますよ。たぶん」

私は胸ポケットから、一枚の写真を取り出した。写っているのはピースサインの私。実験のために、小花さんのポラロイドカメラで撮ってもらったものだ。洗面器で浴槽の水を少しだけすくい、その上に写真を浮かべる。

たった十数秒で、写真は水分を吸い、絶世の美少女はしわしわに歪《ゆが》んでしまった。

「やわすぎじゃない？」

呆《あき》れる水間先輩を見て小花さんが申し訳なさそうに言う。

「フリマで格安だった、おもちゃみたいなカメラですから。印刷用紙も丈夫じゃないんです」

「あれあれ、いきなり暗雲だぞ。『誰』以前に、『どうやって』さえわかんない」

私と同じく難題に気づいた様子の水間先輩は眉間《みけん》に皺《しわ》を寄せて目を瞑《つぶ》っていたけれど、

「わかった。持ち出さなかったんだよ。ここに隠したんじゃない？」

ぱあっ、と明るい表情に戻り、浴槽から見て右手にある排水溝へ走って行く。

私たちも駆け寄ってみると、すでに先輩は、排水溝カバーに指をかけていた。快活なイメージとは不似合いなくらい、細くて可愛《かわい》らしい指だ。

カバーは、排水溝全体を一つの製品で覆っているわけではなく、長さ二十センチくらいのカバーを並べてあるようだ。その一端を、先輩は難なく外して取り上げた。

排水溝の幅は十センチ程度で、予想していたより底が浅い位置にあった。五センチほど下方を、ちょろちょろと水が流れていた。

「期待外れだ。三十センチくらいの深さで、その途中に写真を貼り付けたんじゃないかって想像したんだけど」

「一旦《いったん》隠しておいて、後日回収したってこと？」

真舟さんの問いに、新聞部部長は浮かない顔で頷《うなず》いた。

「こんだけ浅いと難しいですよね。写真が水に浸《つ》かっちゃう……いや、待てよ待てよ」

また明るくなった。忙しい顔だ。

「やっぱり、できるんじゃない？　水をはじく素材の袋に写真を収めてから貼り付けておいたら、水をガードできるかもしれない」

「例えば、ビニール袋ですか？　これだけ湿気《しっけ》が多い空間だと、それでも水気からは守り切れないと思いますけど」

「それじゃもっと高性能な、防水カプセルみたいなやつ」

「水間さん、この脅迫が、偶然に恵まれた行為である点を忘れないで」

私がつっこむ前に、真舟さんが指摘してくれた。

「犯人が誰だろうと、小花さんが脱衣場でカメラを使い始めるなんて事態を予想できるとはとても思えない。水間さんの言うような防水グッズがあったとして、それを偶然持ち合わせていたという可能性は……ゼロではないでしょうけれど、ちょっと考えられない」

もっともな意見だった。そもそも水間先輩は写真を排水溝の中に貼り付けておくことを前提にしているけれど、それだってテープや糊《のり》が必要だ。

「海里さんたちの手持ちを確認しましたけど、工作に使えそうなものは誰も持ってませんでした」

申し訳なさそうに小花さんが呟《つぶや》いた。

「やっぱ、難しいねえ。私ごときの愚見じゃどうにもならないか」

両手を上げた水間先輩は、私の方を見た。

「やっぱり時夜さんだね。期待してますよ、名探偵の後継者！」

期待のこもった視線がつらい。

「上手くいけば、この場で結論を出せるかもと期待していましたが、私は大叔母に遠く及ばないみたいです」

この場を切り抜けるため、私は脳みそをフル回転させている。犯行の詳細や犯人を言い当てることは苦手でも、言い逃れや虚飾を張り巡らせるのは大得意だった。

「ただ、何か引っかかりのようなものを感じ取ってはいます。頭の中に生まれた、わずかな光を形にするために精神を集中したいので、しばらく一人にしていただけますか。滝に行ってきます」

大叔母、時夜遊が落命した雷辺の滝。そこに立って、彼女の偉業に思いを馳《は》せながら思考を練り上げたいのだと告げると、三人とも解放してくれた。

もちろん、引っかかりを感じたなんて、嘘《うそ》だ。なんにも思いつかないから、上手く責任を逃れる方法を探している。

朝の光を浴びながら、私は学園の北側にある丘を進む。ちょっとしたピクニックだが、気分は暗い。緩い勾配が続くせいもあって、伏し目がちになってしまう。爪先《つまさき》に、分厚い布に包まれた何かがぶつかった。ぎょっとする。人の感触だ。中身がわかると、布の正体にも見当がついてくる。登山用の防寒具、ツェルトというやつだ。

「あいたた」

その下からもぞもぞと現れたのは、面識のある新聞部員の一年生だった。

「ごめんなさい、ぶつかっちゃった」

「いえいえ、道のど真ん中で眠っていたこっちが悪いんです」

目を擦《こす》っていた新聞部員は、相手が私だと気づくとふいに瞳《ひとみ》を輝かせた。

「時夜さんじゃないですか」

立ち上がり、ツェルトを右手で払いのける。それから丘の上方へ視線を動かした。

「ひょっとして、翔さんも幽霊を探しに来たんですか？」

ぜんぜん違う、ここへ来た経緯を事件の詳細についてはぼかしつつ説明すると、

「へえー、なんか運命、感じますね。翔さんが探偵活動を開始するときに、遊さんの亡霊がお出ましになるなんて」

「大叔母さんの幽霊？」

声が詰問調になってしまったせいか、か細い声が返ってきた。

「すみません、よく考えたら不謹慎ですよね。亡くなったご親族なのに」

それは、別に気にしてない。一度も会ったことがない親戚だし、三十年も経ったなら、他人の死をおもちゃにしたって構わないはずだ。

「別に怒ってないよ。意外なだけ。探偵って、論理を重んじるというか科学的な思考をする人たちだと思ってたからさ、化けて出るなんてイメージに合わないなあって」

「言われてみれば、そうっすね。でも目撃証言があるんですよ。二週間くらい前にこの辺りで遊んでた同級生が、遊さんを見たって。色々な本に出てくるのと同じ姿だったらしいです」

その話を聞いて、スクープになるかもと滝の周辺を張り込んでいたのだという。

「ガッツがありすぎる……でたらめかもしれないし、幻覚の可能性もあるよ」

「けっこう具体的に証言してくれたから、丸々作り話じゃないだろうって当たりを付け

たんですよ。誰かが、名探偵に変装して皆を驚かせようとしていたのなら、それはそれで記事になるかもって」

本物の幽霊だった方がロマンはありますけどね、と新人記者は笑う。

「もし本物の時夜遊さんに会えたら、翔さんならどうします？　やっぱり助言を求めますか」

「アドバイスは要らないな。たとえ尊敬する大叔母さんでも」

私はこの場で最も喜んでもらえるだろう回答をひねり出した。

「それより、互いの推理力を競いたいな。どちらが先に結論を得るか、事件を解決できるものか、大先輩と頭脳で戦いたい」

「ひゃー、かっこよ！」

猛烈な拍手が返ってきた。

そんなわけないでしょうが。

勝手に飾り立てておきながら、私は心の中で毒づいた。

名探偵の亡霊なんてものが本当に現れるのだったら、助言どころか、全部教えてもらいたいに決まってる。

一年生と別れ、滝音が響いてくる辺りまで登ってきた私は、滝が見える直前で立ち止まり、効率的に風邪をひく方法をシミュレートした。

そう、病気だ。風邪をひいて、うやむやにするしかない。

五月。まだまだ水は冷たい。精神集中のために滝の近くでしぶきを浴び続けた私は、事件解決につながる名推理をひらめくものの、コミュニケーションが不可能になるくらいの高熱に見舞われてしまう。なんとかして犯人を伝えようとするが、ままならず、結局、小花さんたちは仕方なく警察に事件を報告する……

これだ。マンパワーと権力を投入できる警察なら、この程度の事件、難なく解決できるだろう。犯人と犯行方法が明らかになった後で、復調した私は、「私も警察と同じ結論にたどり着いていた」と嘘をついて、大物面して事件を振り返ったらいいわけだ。

ベストな方法とは言い切れない。私の能力に疑念を抱き始める人も現れるだろうし、同じごまかしを繰り返していたら、さすがに長くは保《も》たないだろう。でも、学園内で名探偵が期待されるような事件なんて、それこそMが復活でもしない限り、頻発するものじゃない。

今はベターで妥協するしかないだろう。

坂を登り終えた。昨年、初めて学園にやってきたとき以来の雷辺の滝だ。

滝は、あのときに比べて、水流が三分の一以下に減っていた。

「ふざけんなよ……」

思わず、自然現象に対して悪態《あくたい》をついてしまう。雷辺の滝が流れ落ちるこの丘は、背後の岩山と接している。岩山の後方には、さらに別の山々が連なっている。水は、元を辿《たど》ればそれらの山から集まってきたものであるために、岩山で崖崩れなどが発生した場合、一時的に滝の水量が変化する場合もあるとは聞いていた。それが、よりによって、今なんて。

私の正面には岩棚が広がっている。この地形の右手に切り立った崖があり、そこから流れ落ちる水が、岩棚にぶつかってしぶきを上げているはずだった。岩棚は奥の方にある滝壺に向かって緩く傾いているために、大半の水はそちらへと流れていく。本来なら、この位置に立ち続けているだけで水気を浴び、身体はたちまち冷え込んでしまうはずだった。

現在、岩棚は中途半端《ちゅうとはんぱ》な水たまりが点在するだけ。滝はちょろちょろと落ち続けてはいるものの、しぶきは飛んでこない。この有り様では、ここに立っていたところで、風邪をひくはずもない。

こうなったら負傷だ。負傷しかない。

本来なら水流が激しく、とても近づけない岩棚に足を踏み入れる。ここで転んで、怪《け》我《が》をする。高熱で推理を伝えることができないという嘘は使えないから、骨折でもして、物理的に学園の事件に関われないような状況へ持っていくしかなさそうだ。でも、学園の名探偵信者たちは、病院からでも推理を教えろと要求するだろうか？　そこまで無慈悲じゃないと期待するしかない。しかし骨折……痛いのはいやだなあ。捻挫《ねんざ》くらいじゃ搬送してもらえないかな？　それとも、派手に出血した方がアピールできるだろうか？

ぐるぐる迷いながら、私は岩棚の中途辺りまでやってきた。所々割れ目が走っている岩は、普段は激流に洗われているせいか、苔《こけ》や泥はほとんど付着しておらず清潔に見える。ふいに私の目が異物をとらえた。

割れ目の一つから、細く白い、棒状の物体が伸びている。先端が丸っこく、不自然なほどに白い。

とくに理由もなく、私は伸ばした指でその真っ白いものを突いた。

突然、めまいに襲われた。

目の前の風景が歪み、視界に波が走る。

同時に、違う、と気づいた。めまいじゃない。気持ち悪くない。異変が生じたのは、私の頭じゃなく、目の前の光景の方だ。空気が歪むような波が発生している。私の正面で、何もない空間から何かが姿を現し始めている。

波が収まったとき、目の前で揺れていたのは、私の着ているそれと色合いは同じだけれど、少しデザインが異なる雷辺の制服だった。袖《そで》の部分に膨《ふく》らみがあり、襟や、裾《すそ》の周辺にレースを巡らせてある。身を包んでいるのは、少女と呼べばいいのか女の人と言うべきか迷うような、曖昧《あいまい》な雰囲気を漂わせている美人だった。腰まで伸びる長い髪は、所々巻き癖《まぐせ》がついていて、本体とは別の生き物みたいに揺れている。その一端を指で弄び《もてあそび》、こちらを向いている彼女の全身は、ほんのわずかに、向こう側の滝が透けて見える。

「触ったのね、私に」

燃え立つ炎のように美しい顔立ちから、妖艶《ようえん》な笑みがこぼれる。

「お願いがあるの。私と、お話ししてくれない？　退屈で退屈でたまらなかったのよ」

初めて見る顔ではなかった。

『名探偵・時夜遊の記録』『名探偵と雷辺女学園』『時夜遊の事件簿』『時夜遊の生涯』……学園の皆と話を合わせるために、何冊も何冊も、繰り返し読んだ名探偵の事績を語る書物の中で眺めた顔だ。

信じられなかった。雷辺に入学して一年経っても、私にはいまだに名探偵・時夜遊の物語が、現実の出来事だったと実感できないままだった。桃太郎やシンデレラのような、お伽噺を聞かされている気分だった。つい先ほど、名探偵の亡霊を見たという噂を聞いた後でも、幽霊なんて、あり得ないと思っていた。

そんなお伽噺の住人が、目の前に現れたのだ。

スマホをかざし、何度カメラ機能を起動させても、その人の姿はディスプレイに浮かんでこなかった。

「写真は、無理。つまり幽霊は光学現象ではないって結論になる。世間で有名な心霊写真の数々は、全部ペテンなのか、何か特殊な処理が必要になるってことね」

亡霊はスマホのほぼ正面に立ち、からかうように流し目を送ってきた。

「というか、この機械が写真を撮るものだって知ってるんですね」

この人が死んだのは三十年も前。その頃、スマホなんて存在しなかったはずだ。

「ずっと観察していれば理解できるわよ」

亡霊はスマホを指さした。伸ばした指先は、機器に触れることなく、通り抜けてしまう。

「この滝はちょっとした名所になってしまったから、毎日学園の内外から人がやってくる。最初、彼らは大きなカメラを抱《かか》えていたけど、五年くらいでコンパクトなデジカメを持ってくるようになった。さらにしばらく経って、カメラの代わりに、携帯電話をかざすようになったから、携帯電話にカメラ機能が搭載されたんだなって理解したわけ」

「ガラケーってやつですね。あれがさらに進化したときはどう思いました？」

「最初は戸惑ったわね。ガラケーからスマホに切り替わるタイミングで、サイズが大きくなったから。それまでの私は、あらゆる電化製品は、コンパクト化を指向するものだと想像していたから、この変化は意外だった。でも後ろから覗き込んで、携帯にネット通信や検索機能が搭載されたのだと気づいたとき、サイズアップにも理由があると悟ったわ。単なる通話機能だけでなく、動画や文字を閲覧するのであれば、ディスプレイにはある程度のサイズが必要」

話を聞く限り、この人は落命した直後から幽霊として存在しているらしい。

「ずっとここにいるのは、この場所で死んだからですよね。移動は、どこまで行けるんですか」

「そこを起点にして、半径二百メートル程度」

幽霊は私の背後にある滝壺を指し示した。

「滝壺に落ちたとき、身体の一部が岩肌に引っかかっていた。崖崩れで一時的に水流が変わった際、ここまで運ばれてきたみたいね。たぶん、別のパーツも滝のどこかに引っかかっていて、だから私はこの場に縛り付けられている」

死んでから三十年、牢獄《ろうごく》に閉じ込められているような状況が続いていたことになるわけだが、不思議とその声に悲愴《ひそう》感は覚えなかった。

「おかげで、水鳥の羽音や、些細な水流の変化や、水草の成長を愛《め》でるような雅《みやび》な感性が育《はぐく》まれてしまったわ」

「格好は若くても、心が枯れちゃいましたか？」

「そうでもない。生きていた頃の、旺盛《おうせい》な知識欲はまだ燃えさかっている。ここに来る人たちの話や振る舞いを聞いて、世の変貌《へんぼう》を色々想像するという楽しみもあったから」

答え合わせがしたいわ、と亡霊は目を輝かせる。

「現在のスマートフォンは、携帯電話と呼ぶよりも、携帯用のパソコンに近い存在へと進化を遂げている。でもパソコンそのものは消滅したわけではなく、今でもオフィスや家庭で活用されている――そうでしょう？」

「当たりです。授業でも使います」

正解だと伝えると、亡霊は満足げに胸を反《そ》らす。想像より、気さくな人だ。それとも、気さくに見せかけるスキルに長じているのだろうか。

「今の学園の理事長は、明徳寺《みょうとくじ》さんって人？」

「違います。大広《おおひろ》さんです。明徳寺さんはたしか」

私はスマホで学園の情報を検索する。

「一昨年《おととし》まで理事長だった人ですね」

「思ったより代替わりが激しかったのね。そこは読み誤った」

仕方ないわね、と亡霊は指でこめかみを叩いた。

「寮長は誰？　私がいた頃の寮長はすでにご老体だったから、さすがに代替わりしているはず」

「真舟さんです」

「まあ、予想外。彼女は学園の外に飛び出すだろうって思ったのに」

眩《まぶ》しがるような顔つきに変わった。

「真舟さんには、ここだけの話、私の助手というか、補佐のような役割をお願いしていたのよ」

けっこうな爆弾発言が飛び出した。

「懐《なつ》かしい……あの頃は楽しかったなあ。こうやって旧知の人たちの消息を知ると、私にも愛校心が備わっていたんだって実感できる」

私がリアクションに迷っていると、

「ねえ、校歌歌える？」

「歌えますけど、三十年前と同じかどうかは知りません」

「三番の終わりだけ、不自然な英語が入る歌詞だったりする？」

「します。じゃあ変わってなさそうですね」

「なんか、気持ちが高揚《こうよう》してきたわ。一緒に歌いましょう」

勘弁してほしい。

「改めて確認しますけど、あなたの声が聞こえるのって、私だけですよね」

「おそらくね。私の声と姿を認識できるのは、たぶん、私の骨に触ったからでしょう。

理屈は不明だけれど」

「じゃあ合唱したら、私が滝のそばで歌ってるだけになるじゃないですか。聞かれたら
まずいです」

「大丈夫よ、ちょっとおかしくなったと思われるだけ」

「大問題じゃないですか」

「蒼《あお》き山嶺《さんれい》　育む清流」

歌い始めちゃったよ！

無視してもよかったけれど、今は、少しだけ付き合ってあげることにした。

私立雷辺女学園校歌
作詞　矢筈留彦《やはずとめひこ》　作曲　頼城《らいじょう》スミレ

（一番）
蒼き山嶺　育む清流
麗し乙女は　学び舎に集う

聖性輝く滝の下
不断の誓いに心は整う

ああ雷辺
ああ雷辺
正しき道に旌旗《せいき》をかざせ

（二番）
紅《あか》き夕暮れ　やすらぐ朋友《ほうゆう》
すこやか乙女は　宿の夜に笑う

聖賢まなざす滝の下
不屈の希望に心は動く

ああ雷辺
ああ雷辺
美しき友情永久にあれ

（三番）
白き山々　猛《たけ》き遠吠《とおぼ》え
強き乙女は　旅立ちに涙せず
聖意溢《あふ》れる滝の下
不滅の善に心は満ちる

ビューティフル雷辺
ビューティフル雷辺
ラブアンドピース　フォーエバー

……悪趣味、諧謔《かいぎゃく》にも程がある。

透き通るような美しい声で、心から楽しそうに歌う亡霊に、正直、私は引いた。

それから数時間、私は亡霊と他愛《たわい》のない雑談に終始した。

電子書籍に興味があるという亡霊のために、私はわざわざ新規タイトルまで購入してアプリを見せてあげた。『ガラスの仮面』と『はじめの一歩』がまだ連載中であることに亡霊は驚いていた様子だ。それから私は、彼女が夭折《ようせつ》した後に発売が予定されていたという小説数点を購入して見せてあげた。スマホに触れない亡霊のために、私がページをスライドさせる。亡霊は信じられないくらいのスピードリーダーだった。

なお、この辺りまで、私は自己紹介を忘れていた。時夜の名を聞くと、さすがに亡霊は口元を引きつらせていたけれど、見ない振りをした。


正午のチャイムが響いたとき、ニコニコ動画を真剣に眺めていた亡霊は、ふいに目を閉じた。

「ありがとう、これで満足」

三十年間、お預けにされていた娯楽を享受《きょうじゅ》するには足りないのじゃないかと思ったけれど、

「欲望は無限ですもの。きりのいいところで断ち切りましょう」

それから私に向き直り、真剣な表情を作る。美人の引き締まった顔は、これまでふざ

けていた反動もあってプレッシャーが強い。

「お願いがあります。私を成仏させてください」

「わかるんですか、やり方」

「生身の人間だって、知識を持っていなくても、首を切断されたら死ぬだろうなって見当はつくでしょう？　それと同じ理屈よ」

亡霊は再び、岩棚に生えている白骨を指し示した。

「ここら一帯に残っている私の骨、それらを全部掘り出したら、たぶん、私は消える」

「掘り出すだけで、埋葬しなくてもいいんですか」

「私の感覚だと、掘り出すだけでいい。人間の肉体と精神は、生きていた頃に思っていたほど、はっきりと境界線が引かれているものじゃない。骨は、私の未練や後悔をこの地に固定するアンカーのような役割を果たしているみたいなのよ。それらを取り払ってくれるだけでいい」

埋葬なんて贅沢《ぜいたく》、許されるはずもないしね、と亡霊は自嘲《じちょう》する。

「けっこう手間がかかる作業ですね。場所がわかってるそこの骨だけじゃなくて、他に散らばっている骨も捜さないといけないんでしょう？」

「言ったばかりでしょう。肉体と精神に境界線はないって。散らばっている骨がどこにあるかは、大体わかる」

「私一人で集められますか？」

「それは、ちょっと厳しいかも。この水量でも、まだ水中に残されている部位もあるみたいだし、崖の危険なポイントに刺さったままの骨も取り出してもらうから」

するど遺体捜索のプロフェッショナルに頼む必要がありそうだ。私個人にそんな持ち合わせはないし、学園の土地で好き勝手できる権限もない。上手い口実を作り、教職員に働きかけて人手と寄付を募《つの》る他なさそうだ。

「あなたのために、それだけの手間をかける義理が私にありますか」

「ないでしょうね。だから、取引しましょう」

亡霊は笑う。

「私が学園に遺《のこ》してきた財産を、あなたにあげる。誰にとっても魅力的な、有形無形の資産の数々を」

「今そういうのは要らないです」

あどけなく両目を瞬《またた》いた亡霊に対し、私はこの場を訪れた経緯を話した。

「そんなわけで、皆に期待されて困っているんです。私の代わりに、推理してもらえませんか？」

話を聞き終えた亡霊は、信じられない、と言いたげな顔だった。

「……あなた、仮にも時夜の名を冠する人間よね？」

語尾から怒りさえ感じる。

「それが、謎に出くわして、犯行方法も犯人もわからないって？　挙げ句の果てに、とっくに死んだ人間に解明を丸投げするですって」

「格好悪いのは承知の上です。でも、わからないものはわからないんですよ」

「あなた、プライドとかないわけ」

「プライドってなんでしょうね」

私は無感動にまくしたてる。

「人間にとって、個人にとって一番必要なことって、やっかいごとに対する解決能力だと思うんです。まず解決することが重要で、手段や工程の評価は二番手より下にくるはず。もちろん、誰から見てもベストな方法で突破できたら爽快《そうかい》でしょうけれど、贅沢は言ってられません。とにかく解決してみせる。結果を提示してみせる。それこそが人間の本領ってやつで、プライドと呼ぶべき最優先事項だと思いませんか」

「あなたの最優先事項は、問題解決じゃなく、あなたが解決したように見せかけることじゃない？」

鋭い。私は苦笑でごまかした。

「念のため訊いておくけど、あらいざらい告白するって選択肢はないわけね？　自分は時夜遊の親族というだけで、何の推理能力もない凡人ですって。私が言うのも滑稽《こっけい》な話だけれど、この学園は、今でもきっと、ろくでなしより善人の割合が高いはず。あなたがぶちまけたところで、温かく受け止めてくれる人たちだって少なくないはずよ」

「許してもらえるかもしれません。それでもばらしたくないんです」

「どうして？」

「身の丈を超えた尊敬や賞賛を浴びるのが、とっても気持ちいいからです」

「清々《すがすが》しいまでの俗物ね」

不思議なことに、亡霊の表情から不機嫌が蒸発していた。

「でも、気に入ったわ。あなたが純粋いい子ちゃんだったら、『学園の平和を守るために知恵を貸してほしい』なんて吐《は》き出《だ》す正統派ヒロインだったなら、かえって気にくわなかったかもしれない」

こちらへ指を伸ばしてくる。チュニジアやこの学園の建物を思わせる、美しいプルシアンブルーのマニキュアが輝いた。

「ただし、過度には期待しないでね。安楽椅子《あんらくいす》探偵なんて請け負うのは初めてだから、多少の不備には目を瞑ってもらうわよ」

具体的にどういうところ、と訊くと、面倒くさそうに、

「私は比類なき知謀に恵まれた天才ではあるものの、万能の神じゃない。問題用紙に不備があった場合、解答は完璧《かんぺき》なものにならない。この滝から身動きできない私の代わりに、必要な情報、役に立つ証言をあなたが集めていなかったら、正答は導き出せないという意味よ」

お眼鏡《めがね》に適《かな》うだろうか？

さらに小一時間かけて、私は盗難事件に関する詳細を亡霊に伝えた。話を進めるにつれ、亡霊の表情が和らいでいく。美人なのに気味が悪い。

「思ったより、使える」

私が語り終えると亡霊は評価してくれた。

「自己顕示欲の塊《かたまり》だけあって、他人の仕草、言葉の端々《はしばし》まで心に留めているせいか、説明が正確ね。気に入ったわ。あなた、私が現役なら助手にしてあげてもいいくらい」

うれしくない。

「今回が合格でも、今後も優秀とは言い切れないけどね。とりあえず、この盗難事件に関して、あなたは充分な情報をつかんでいる」

亡霊はこれまでより輪郭《りんかく》のある声を出した。

「つまり、誰が犯人か、どのような手法を使ったか明らかということ」

私がノーリアクションのまま黙っていると、

「何よ、反応薄いわね」

「いやあ、けっこう普通だなあって思いまして」

「普通って何がよ」

「犯人がわかった瞬間って、もっと劇的に表現しないのかなあって。ないんですか決めゼリフとか？」

「はあ、決めゼリフ？」

『謎はすべて解けた！』とか、『答え合わせを始めよう』とか、『この犯罪は美しくない』とかいう決まり文句ですよ。雷辺に合わせるのだったら、『この名探偵、時夜遊がすべてを見抜いた！』みたいな感じに」

「それ私に対する最悪の侮辱よ」

幽霊の眉間がぴくぴく動く。幽霊も青筋を立てたりするんだ。血管があるってことは、怒りすぎたら脳溢血《のういっけつ》とか起こすんだろうか？　起こったら成仏しちゃうのか？

「……わかったわよ。次までに考えておくから」

青筋が収まった後、亡霊は事務的に推測を口にした。


同日夜、真舟さんはカウンセラールームに犯人を呼び出した。

亡霊の指摘を参考にして、私たちが捜し出した証拠品を真舟さんが示すと、犯人はあっさりと自白した。

金銭的に困窮していたわけでもなく、小花さんや他の二人を憎んでいたわけでもない。

ただ、人を脅してお金を巻き上げるという行為に興味を惹かれ、やってみたくてたまらなかった。そんなとき、脱衣場でセルフポートレートを撮る小花さんに出くわして魔が差したのだと言う。

翌日、関係者の家族が集まり、真舟さんや理事長も交えた話し合いの結果、今回の事件を警察沙汰《ざた》にはしないと決まった。代わりに犯人には無期限の謹慎が言い渡された。

前日とほぼ同時刻、私は再び滝を訪れていた。

水量が戻っている。昨日、私が自由に歩き回っていた岩棚は、透き通った水流が走り回り、足を踏み入れた瞬間、靴が流されてしまいそうだ。

水流の上に、亡霊が立っていた。

いや、正確には、浮いている。初対面のときは動揺して気づかなかったけれど、亡霊の位置は、地面や水面のすぐ上ではなく、数ミリ上にある。勾配に応じて変化する見えない膜か床のようなものがあり、その上を歩いているような印象だ。

「幻覚じゃなかったんだ」

私は舌打ちした。

「幽霊なんて私の妄想で、推理も私の手柄ならよかったって期待してたのに」

「おあいにく様」

亡霊は意地の悪そうな形に眉《まゆ》を上げ下げする。

「それにしても、昨日の今日でまた来てくれるなんて意外だったわね。あなたのことだから、用が済んだら顔も見せないものかと」

「たった数時間過ごしただけの相手に、ずいぶんな評価ですね……」

「間違った見立てだったかしら」

「間違ってませんけど、昨日教えてもらったのは、犯人の名前と、どこを捜せば証拠が見つかるかくらいじゃないですか。細部を知っておきたいです」

「少し見直したわ。他人任《ひとまか》せにするだけじゃなく、知的好奇心も持ち合わせているのね」

「いやいや、最小限の説明だと、自慢話をするときに盛れないじゃないですか」

「見直すのをやめにするわ」

「とにかく、お願いします。師匠」

「何よそれ」

「親から教えてもらった処世術です。人間って、他人に有益な情報を伝えるとき、対価がなかったら損した気分になるんです。でも、相手が自分の『弟子』みたいな立ち位置で、このコミュニケーションは情報の無料譲渡じゃなく、後世へ知識を伝達しているんだって意識すると、いくらか気分がよくなって、口も軽くなるそうなんです」

そんなわけで私は、定期的に何かを教えてもらう相手に対しては「師匠」とか「先生」という尊称を押しつけるよう心がけているのだ。

「……ばらしちゃっていいのかしら、その処世術」

「知られた上でなお、効果がある手口なんですよ」

ひねくれた弟子を持ったものね、と溜息《ためいき》をついてから、亡霊——おっと、『師匠』は事件のあらましと、自身が犯人を看破した流れについて詳しくレクチャーしてくれた。

「他者の犯罪に思いを馳せるとき、私は頭の中に概念的な犯罪者の姿を思い描くように心がけている。簡単に言えば犯罪者の身になって考える、難しく言うと、犯罪者の合理モデルを作成する、というやり方ね」

犯罪に関する話題に移った途端、師匠の声に熱を感じる。これまでのスマホや学園の人事に関する話題もそれなりに楽しんでいる様子ではあったものの、瞳の輝きと、言葉の端々から溢れるような温度が違う。死してなお、この人は犯罪という現象の虜《とりこ》なのだろう。「五月三日の夕方、犯人はクラスメイト二名と一緒に大浴場エリアを訪れた。後から脱衣スペースにやって来て、自分の下着姿を撮り始めた小花さんに遊び心とスリルを掻き立てられた友人たちは、小花さんのポラロイドカメラを借りて、撮影会を始めることになる。自身もシャッターを切りながら、犯人は、この少しばかり破廉恥な写真を上手く利用すれば、小金が手に入るかもしれない、と思いついた」

ここで師匠は言葉を切り、私に視線を注ぐ。

「さて問題です。犯人が合理的な思考の持ち主だと仮定した場合、最優先に処理するべき事柄はなんでしょうか」

「写真を盗み出した後、どうやって持ち帰るか、ですよね」

「それは完全に合理的な選択肢ではない。写真を持ち帰る必要はないのよ」

思いもよらない見解だ。

「だって、手元に写真がなかったら、色々困るじゃないですか。後で小花さんを脅迫しなくちゃいけないのに」

「それは犯罪に縁遠い人間が陥りがちな間違い。犯罪者にとって、脅迫材料は行動を阻害する枷《かせ》にもなり得る。

具体的に検証してみましょうか。

今回のケースにおいて、写真の使用目的は大きく分けて三つ考えられる。


一つ、小花さんたちが脅迫に応じなかった場合、報復として写真をばらまく。

二つ、小花さんたちが脅迫に応じた場合、対価として写真を返却する。

三つ、小花さんたちが脅迫に応じたとしても、嫌がらせとして写真をばらまく。


この三つ、犯人の立場になってみると、不可欠な行為とは言い切れない」

すぐには呑《の》み込《こ》めない。私は三つの目的を、一つ一つ声に出して検討する。

「一つ目の報復行為は、犯人の気分次第と言えばそうですね。小花さんたちが要求したお金を支払わなかったら腹立たしいでしょうけれど、罰を与えるのは絶対じゃない。二つ目も、同じだ。相手が要求に応じてくれたなら、返礼として写真を返してあげるのは道義的な対応だけど、しなければ自分が困るわけじゃない。三つ目も、やっぱり同様ですね。犯人にとっては気分の問題で、犯人の利益には関わってこない」

理解できたようね、と師匠は首を傾ける。

「そもそも一つ目と三つ目を実行した場合、犯人自身の下着姿も衆目に触れる結果となってしまう。自分の写真だけ省いてばらまいたら、あからさまに怪しいものね。何一つ得をしないのに、恥ずかしい思いをする意味もない」

まあ、脅迫材料が下着写真でなかったとしても同じでしょうけれど、と師匠は言う。

「海外の治安が悪い地域で富豪の御曹司なんかが誘拐された場合、犯人が身代金《みのしろきん》を要求した時点で、すでに人質は殺害されているケースも珍しくない。これは犯人の残虐性がもたらした結果というより、合理性の問題なの。人であれものであれ、『質《しち》』は実際に無事である必要はないし、犯人の手元になくてもいい。『質』が人間なら、処分するにはリスクも付いてくるでしょうけれど、ただの紙切れなら、気楽なものよね。

この事実を踏まえて、さっきの質問を繰り返すわね。犯人が最優先に処理するべき事柄は？」

「盗んだ写真を、なるべく早く廃棄すること」

「優秀な生徒ね」

師匠はぱちぱちと手を叩いてくれたけど、さすがにここまでお膳立《ぜんだ》てされたら、わかる。私たちは、盗んだ写真を持ち出す方法ばかり気にかけていた。持ち出さなくても問題ないのなら、いくらでもやりようはある。

「すると、犯人が写真を盗んだのは、大浴場へ入る前ですか」

「そう考えるのが妥当でしょうね。小花さんが大浴場へ入った後、残り二人の目を盗んでロッカーにパスワードを打ち込み、解錠する。写真はタオルの中に隠し、再びロッカーを施錠して浴室へ。タオルから洗面器に移した写真を、頃合いを見計らって排水溝のスリットから流してしまったら、後は身体検査されても、まったく問題ない」

水に弱いプリント用紙だったから、水で湿らせてから小さく破り、少しずつ流したとも考えられる。

「後は、入浴後、小花さんがロッカーを確認したときに『盗難』が発覚する。その後、犯人は、脅迫状を送ったというわけ」

「あれ、待ってください、脅迫状には、証拠として海里さんの写真が添えられてたんですよ。つまり一枚だけ、写真を持ち出していたはずですけど、それはどうやって――」

自分で口にしておきながら、私は気がついた。

「なるほど、それで犯人がわかったんだ」

「理解できたみたいね。脅迫状に付いてきた写真が、五月三日の夕方に脱衣場で撮影されたものだったとは限らない」

師匠は被写体を囲むように、両手の指で四角を作った。

「ポラロイドカメラは、同一の機種が学園のフリーマーケットで出回っているという話だった。フリマは、真舟さんがあなたに相談を持ちかけてきた日も開催されていた様子だから、犯人にも入手する機会はあったはず。カメラによっては撮影日を印字する機能が付いている場合もあるけれど、その数値も、おそらく調整できる。つまり犯人は、後になって一人で脱衣場を訪れ、誰も見ていないタイミングで自分の下着写真を撮り直した」

自分で撮った写真なのだから、ポーズや角度の再現も簡単だろう。二枚の写真を並べた場合、違いが明らかになるかもしれないが、細かい違いなんて、誰も覚えていなかったはずだ。

「写真を盗む機会はあっても、持ち出す機会はなかった。にもかかわらず写真は行方不明。すると写真は、廃棄されたと解釈するしかない。それなのに、脅迫状には写真が添えられていた。合理的に考えると、この写真は盗まれたものではなく、後から撮り直した一枚だと推測できる」

早口かつはっきりした発音で、亡霊は結論を述べる。

「脅迫状付属の写真に写っていた人物こそ、犯人その人と思われる。結論。犯人は海里さん」

ふいに水しぶきが顔にかかった。大した水分量じゃなかったけれど、くすぐられたみたいに顔がむずむずする。それなのに、正面に立っている亡霊は涼しい顔だ。死者の頬を、首筋を、水滴がすり抜けていく。

妄想でも幻覚でもない。私は死者と言葉を交わしている。

「あの大浴場のレイアウト、私が学園にいた頃から基本的に変わっていないみたいね。あの排水溝の先は浴室専用の下水につながっているけれど、下水管のパイプはそれほど余裕のある造りではなかったはず。犯人が写真をあそこに流した場合、流れ切らずにどこかへ引っかかっている可能性もあると睨《にら》んで、中を確認してもらうようお願いしたというわけ」

下水管には、髪の毛などの堆積物《たいせきぶつ》を取り出す機構が設けられていた。管理課に依頼すると、求めていた証拠はすぐに見つかった。破り取られた上に、くしゃくしゃに丸まった写真の束。幸い、時間的な余裕がなかったためか入念な破り方ではなかったために、元々の枚数が十五枚あったことは簡単に確認可能だった。すると脅迫状に付けてあった一枚は、後から撮影されたものだったことが確定する。

この束を突きつけたところ、海里さんは言い逃れもできず観念したという次第。

「約束は果たしたわよ」

岩に腰を下ろし——正確には岩の上の空間に腰を下ろし——亡霊は、急《せ》かすような視線を送ってくる。

「これであなたの名声は守られる。そちらも約束を果たしてちょうだい。遺骨回収に着手して」

「えっ何言ってるんですか」

私は純朴な少女みたいに目を開いた。

「名探偵の親戚ってだけで皆に期待されているから、代わりに推理してほしい。それが私の頼みでしたよね。今回で終わりとは限りませんよ」

師匠はゆっくりと目を細める。

「学園内に犯罪が頻発すると言いたいの？　三十年前みたいに？」

「そこまで極端な事態じゃないにしても、また、誰かが悪さをする確率はゼロじゃない。師匠が成仏しちゃったら、誰が私を助けてくれるんですか」

「あなた、二年生よね。あと一年半以上、私を推理担当としてキープし続けるというの。この私を、安い恋人候補みたいに」

ここに来てようやく、私は亡霊が怒っていることを察した。

「……いちおう訊きますけど、亡霊って、呪《のろ》いとか使えたりします？」

「使えたら、これまで学園が平穏だったと思う？」

そんな力ないわよ、と悲しげに首を振られた。

「まあまあ、そんなに気を悪くしないでくださいよ。師匠の骨を見つけるにしたって、人手も、お金もかかりますよね。学園の予算を動かすか、寄付を募るためには、インフルエンサーが必要です。雷辺の関係者全員を賛同させるような名声を求めるべきなんです」

亡霊は時代劇の悪人みたいにわかりやすく頰を歪めた。

「つまり、あなたの名声ね。私があなたを手助けすることは、最終的に私の成仏につながると言いたいわけ？」

「間違ってますか？」

「いまいましいけど、言い分を認める他なさそうね」

亡霊の師匠は岩棚の上に寝転がった。透き通る水の上にいるために、私は溺死《できし》したオフィーリアの絵を連想した。そのままの体勢でこちらを見上げてくる。

「まあいいわ。三十年も待ったんだから、一、二年の誤差なんてなんでもない。ではよろしくね、俗物さん」

上手く交渉できたと喜びつつ、私は応じた。

「こちらこそ、幽霊の名探偵さん」

第二章　悪王の死

観客の記録②

数日前、新聞部の掲示物を読んで驚愕《きょうがく》した。滝に、名探偵の亡霊が現れるという噂が囁《ささや》かれているらしい。偶然であるはずがない。誰かが骨に触れ、しかし現れた時夜と言葉を交わすことなく逃げ出したのだろう。

上流の天候や水流が不安定になっているらしく、滝は、干上がったり元の流れを取り戻したりを定期的に繰り返している。

滝へ出向き、時夜の骨を処分してしまいたいのは山々だが、私が見つけた骨は一部にすぎないと思われるため、名探偵の再臨を阻止するためには、辺り一帯を徹底的に捜索しなければならない。私一人でこなせる作業ではないし、応援を頼んだ場合、その人間が遺骨に触ってしまったら本末転倒だ。結局のところ、滝を訪れる人間が減ることを願って静観するしかなかった。

新学期に入り、懸念が増えた。時夜遊の親族が入学してきたのだ。時夜翔というその生徒は、名探偵の姪孫《てっそん》にあたるらしい。本人に話を聞いたところ、犯罪推理のノウハウを学んでいたわけではなさそうだ。少し安堵《あんど》したが、油断は禁物だ。何か重大な事件が学園内で発生した場合、単純な生徒たちは彼女に協力を仰ぐ可能性がある。

大浴場エリアで盗難事件が発生した。

解決したのは時夜翔だ。

彼女が大叔母の才能を受け継いでいることは間違いないように思われたが、一つ、疑念を覚えた部分もあった。

時夜翔は、精神集中したいという名目で滝へ籠《こ》もり、帰ってから犯人を自白させるための知見を口にした。

この時期、滝は水量が少ない状態だった。

もしかすると……

雷辺ウィークリー　二〇二三年　九月六日号（毎週水曜日発売・通算５７８号）

・全国複製絵画コンクールで本校生徒が最優秀賞

後ろ手に拘束され、胸元へ刃《やいば》を突き立てられようとしている裸体の女。切りつけられた半裸の女。毒を飲んだのか、寝台に倒れ伏す女。縛られ、吊《つ》り下《さ》げられた女。引き立てられ、首の根元を切り裂かれる白い馬。刃物を振り下ろす筋骨逞《きんこつたくま》しい黒人奴隷。女を切り伏せた直後と思われる召使いらしき男。

殺《あや》めるものと殺められるもの。どちらの肉体も美しく躍動している。

全体的に薄暗いキャンバスは、画面中央から右上にかけて黒煙がたちこめているが、左上の一部から右下だけ光に照らし出されている。ライトアップされているのは、鮮血の大河のような赤い寝台と、その上に膝を立て寝そべる髭面《ひげづら》の男。その頭部は高価そうな金の装飾具で飾られているものの、上半身と頭部のみ、射光が不充分で、ぼやけている。彼の権勢がすでに傾いていることを示しているかのようだ。

しかし黒煙がもたらす生命の危機にも美女や動物の死にも男は無関心な様子で、人ごとのように何もない空間を眺めている。

彼はアッシリアの伝説的悪王、サルダナパール。大戦で敗北を喫した後、あっさりと自らの死を受け入れ宮殿に火を投じ、愛妾《あいしょう》や愛馬を殺戮《さつりく》したという。

『サルダナパールの死』

十九世紀フランスロマン主義を代表する画家、ウジェーヌ・ドラクロワの最高傑作とも称される絵画が、本学園特別展示室の壁面を飾っている。

もちろん本物ではない。複製画だ。けれどもキャンバスから発散される圧倒的な存在感は、ルーヴルで現物を目の当たりにしたことがある美術通のOBにさえ、盗難品かと思った、と呟かせるほどに真に迫った出来映えだ。

この複製画を描いたのは、美術部に所属する、本学園二年三組の高見姿（たかみすがた）さん。

先月二十五日に審査結果が発表された全国複製絵画コンクールにおいて、本複製作品が最優秀賞を受賞した。本学園の生徒が、全国規模の美術コンクールで優勝するのは開校以来初のこと。

この快挙を祝して、九月一日に新聞部よりインタビューを行った。


——最優秀賞の受賞、おめでとうございます。

高見　ありがとうございます。

——体育系の部活動に比べると、本校では、文化系部活動の活躍があまり目立っていない印象ですが、そんな中、初の快挙となりました。

高見　大変、光栄です。

——全国複製絵画コンクールに出品された経緯について伺ってもよろしいでしょうか。自分の創作ではなく、既存の作品を模写《もしゃ》するというのは、美術部としては珍しいような気がします。

高見　単純に、私がオリジナルより、複製画を描くのが好きだからです。基本的に私は、複製画を描き続けています。子供の頃から研鑽《けんさん》を重ねて、ある程度のレベルに到達したんじゃないかなって思ったので、複製を評価してくれる賞に応募しただけですね。

――オリジナル作品に興味がないのですか？

高見　興味がないというより、私が絵を描いてきた動機を突き詰めると、複製画を描くしかないんです。

――その動機について、もう少し詳しく教えてもらえませんか。

高見　単純な話です。絵を描く際に何を考えているかという根本的な欲望ですね。プロアマ学生社会人を問わず、筆を執る人間なら誰でも考えていることですよ。画家は、何を想《おも》いながら、どんな目標を思い描きながらキャンバスに向かうと思いますか。

――自分のイマジネーションや世界観、社会に訴えたい事柄を、具象化して表現したいから、といったところでしょうか。

高見　それは嘘ですね。こういうインタビューや、評論家の人を喜ばせるために、後付けで持ってきた偽物の理由です。

――言い切ってしまうんですね。

高見　だって、想像してみてください。はじめてクレヨンやサインペンを握った幼児や小学生が、そんなことを考えますか？　ないですよね。初めてのラクガキを、家族に

でも見せたとき、「君の訴えがきちんと表現できているね」と言われて、うれしいですか？

——言われてみると、うれしくないかも。

高見　難しい問題じゃないんです。『上手いね』って褒めてもらいたい、絵描きの望みって、それだけなんですよ。じょうずだって褒めてもらいたい。それが、それこそが、芸術家にとって最も原始的で、創作の原動力となる感情なんです。

——なるほど、模写にはお手本が存在するわけだから……

高見　私の絵が上手いと、わかりやすく誇示できますよね。コスパが最高なんです。

（文責：水間静香《しずか》）

寮生の部屋は二人分のベッドが向かい合っている構造で、間に机を置くかは寮生によってそれぞれ。私と水間先輩が暮らすこの部屋の場合、そのスペースは資料の山になっている。先輩がスクープに関連する資料として図書室や古書店からかき集めてきた書籍が、床にジェンガのように積み上げられ、常に崩壊の危機にさらされているのだ。

二〇二四年九月四日現在、頂上には数十部の雷辺ウィークリーが重ねてあった。昨日から今日にかけて、特別に増刷した分の売れ残りだ。

「儲《もう》かった、儲かった」

目の前のベッドに腰掛ける水間先輩は、両手に持ったクッキーの缶を高々と掲げている。クッキーの神様を信仰しているわけではない。じゃらじゃらと詰め込まれた百円玉に感謝しているだけだ。

「売れすぎじゃないですか」

クッキー缶を、私は両手でつかんでみた。ずしりと重い。全校生徒二百七十名が全員購入したとしても、この重さになるだろうか？

「値上げしたもん。二〇二三年九月六日号に限って、一部七百円」

あくどい。ハリケーン来襲時のコテージ経営者か？

新聞部が作成している雷辺ウィークリーは、基本的に各寮や校舎の掲示板に貼り出される（ポリシーがあるのか、ウェブ版は存在しない）ため、学内構成員なら無料で閲覧できる。対価が必要なのは、バックナンバーを読みたい場合だけだ。新聞部の部室を訪ねるか部員に頼めば、一部百円で購入できる。

とはいっても基本的に、部活動の発行物を過去に遡《さかのぼ》ってまで読みたがる物好きは少ない。私は重なっているバックナンバーを一部摘まみ上げ、ぱらぱらとめくった。

バックナンバーの隣には、本日分の雷辺ウィークリーもある。一面は、前日の九月三日に校内で発生した傷害事件に関する記事。

九月三日夕方、本学園内の美術準備室において、美術部所属の三年生、Tさんが倒れているのを、顧問教師と部員が発見した。Tさんはうつぶせの状態で、後頭部から出血

していた。近くに血液が付着した小型のイーゼルが転がっており、Tさんは、何者かに背後から襲撃されたものと考えられる。

現在、Tさんは市立病院にて治療中。いまだに意識は回復していない模様。

（文責：水間静香）

「被害者の名前を出さないくらいの良識はあるんですね」

私の言葉に、先輩はえへへと相好をくずした。そんなに褒めてない。

狭い学園内で発生した事件なのだから、いくら新聞部が配慮したところで、噂はかけめぐる。この被害者Tさんが、一年前のインタビューで主役だった高見姿さんであることは現在、学園内のほぼ全員に知れ渡っていた。

そのタイミングを見計らい、新聞部は「偶然」当時のバックナンバーを増刷して、めったにしない宣伝を打った。被害者の人となりを知りたがる人たちが飛びついた結果が目の前の緩んだ表情ということだ。

「そんなわけで、名探偵を継ぐ名探偵、時夜翔さんにお伺いします」

どんなわけかはわからないけれど、突然、先輩が水を向けてきた。

「今回の事件、時夜さんはどのように見ておられますか」

期待に満ち溢《あふ》れている眼差《まなざ》しを裏切るのはほんの少しだけ、砂糖の一粒程度だけ後ろめたかったけれど、私はつまらない回答を選んだ。

「どう見るも何も、これはれっきとした犯罪行為ですし、すでに警察にも通報されています。ここは警察に任せるべきです。私は一切、見解を発表するつもりはありません」

「なるほど、ごもっともなお答え」

あれ、思ったより素直だ。

「先輩のことだから、怪しい相手を名指ししろとか、警察に乗り込んで捜査情報を聞き出してこいとか言い出すと思ってました」

「いやだなあ、私はジャーナリスト志望の善良な雷辺生だよ？　取材対象に無茶を要求なんてしませんよ」

「それならそれで構いませんけれど」

それ以上追及はしない。

そもそも私は、自分の名声を損ないたくないのだ。この前の自撮り写真盗難事件は、正式な事件として立件こそされなかったものの、犯人が謹慎をくらったこともあり、何か事件が発生して、私がそれを解決したらしいという噂はじわじわと広まっていた。そのおかげで、「やっぱり名探偵の親族！」と私に対する尊敬の眼差しはキラキラを増大させている。それは悪くない。はっきりいって、気持ちいい。最高。とはいっても、前回の成功体験に気をよくして調子に乗るほど、私は単純じゃない。

幽霊の探偵は、私に対して、あらかじめ釘《くぎ》を刺してきた。

〈私は比類なき知謀に恵まれた天才ではあるものの、万能の神じゃない〉

〈問題用紙に不備があった場合、解答は完璧なものにならない〉

〈この滝から身動きできない私の代わりに、必要な情報、役に立つ証言をあなたが集めていなかったら、正答は導き出せないという意味よ〉

それはその通りで、この前はたまたま上手くいったのだと謙虚にとらえておくべきだろう。あのとき私が入手していた情報に不足があった場合、犯罪者の合理モデルとかを作成するというやり方も機能しなかったと思われる。

脆《もろ》く頼りないはしごを使って宝物を獲得した後で、次の宝物を狙うために同じはしごを選ぶなんて、猿の発想だ。かしこい人間なら、もうはしごなんてものに頼らず、宝物を手に入れた自分の偉大さを喧伝《けんでん》して、次のステップにつなげるべきなのだ。

だから私は、警察に任せるべきだと表明したのだった。

この前のソフトエロ写真盗難事件とは事情が違う。あれは、警察に教えたくない女子のデリケートな問題で、だからこそ小花さんは私を頼ってきた。今回は違う。単純な傷害事件で、すでに警察に把握されている。

同じような状況で大叔母さんがどう振る舞ったかなんて、知らない。三十年前と今では、法令遵守《じゅんしゅ》に関するスタンスは色合いが違うとも考えられる。現在なら、時夜遊だって警察にまかせたかもしれない。

とにかく私の出る幕ではないし、出るつもりもない。

言い切った私に対し、水間先輩は翌日発行する予定の号外でその旨を報じると約束してくれた。
翌五日の朝、寮の掲示板を観に行くと、数人の寮生が前に立っていた。私に気づくと、一礼して左右に分かれてくれる。期待と尊敬の込められたその眼差しに、いやな予感がした。

一昨日発生した美術準備室内における傷害事件に関して、名探偵・時夜遊の親族である、二年二組の時夜翔さんに話を聞いた。

――美術部の関連施設で事件が発生しました。三十年前の殺人事件との共通点を感じざるを得ない状況ですが、当時、事件を解決した時夜遊さんのご親族として、今回の傷害事件をどのように見ておられますか。
時夜　この事件に関しては、警察に任せるべきだろうというのが正直なところです。
――事件捜査に参加されないということですか?
時夜　皆さん、勘違いされているかもしれませんが、大叔母の遊にしても私にしても、警察のアドバイザーというわけじゃありませんから、参加を決めるも何も、そうする権限も資格も持ってないんですよ。ただの一般市民なんです（笑）。すでに警察が乗り出してきている事件なんですから、一般市民としては、他の生徒と同じように、成り行きを見守るだけです。

――では推理もされないと？

時夜　いいえ、考えることは自由ですから。警察の方々のお邪魔をすることなく、生徒の身分で手に入るだけの情報を元に、推理を積み重ねたいとは思っています。

――警察と時夜さん、どちらが先に犯人にたどり着くかの勝負ですね！

時夜　今、この瞬間にでもTさんが意識を取り戻すかもしれませんし、プロのノウハウと組織力に太刀打《たちう》ちできるとは思っていませんが（笑）、菲才《ひさい》なりに、頭脳をフル回転させるつもりです。

受け答えこそ謙虚そのものだったが、言葉の端々に、「雷辺で発生した事件はすべて私が解決してみせる」と言わんばかりの矜持《きょうじ》がにじみ出ていた。雷辺の二代目名探偵・時夜翔は、どのような推理で捜査陣を出し抜いて見せるのか――今後が楽しみだ。

（文責：水間静香）

水間先輩はジャーナリストなんか目指さない方がいい。

私はターンして部屋へ駆け戻る。

かき氷をかじっていた水間先輩に、思いつく限りの抗議をぶちまけた。

「完全な嘘は書いてないよ？」

「嘘に完全も不完全もないんですよ！　本当じゃなかったらアウトなんです」

そういう見解もあるねえ、と水間先輩は涼しい顔だ。

「そんなわけでさあ、私、放課後に美術部へ取材に行くんだよ」

何がそんなわけですか、と訊く前に畳みかけてくる。

「あんな記事が出回っちゃったら、時夜さんとしては、評判を守るために出陣するしかないでしょう？　そこで私の出番ってわけ。時夜さんを、取材に同行させてあげる。まずは情報を集めないと話にならないでしょう」

あんな記事を出回らせたのはあなたじゃないですか、と怒鳴《どな》りつつも、私は美術部へ向かうしかないなと観念していた。

今この瞬間にでも高見さんが意識を取り戻すかもしれないし、警察のノウハウと組織力はすでに犯人の首に王手をかけているとも考えられる。その時点で手ぶらのままだったら、私は大恥をかき人望を失うことだろう。


放課後、私は美術室で、モデルを務めていた。

放課後以外は美術教室として使用されるこの部屋は、余裕を持って作業するために、大きめの座席が設置されていて、通常の教室よりも広々としている。教壇と反対側の壁に絵の置かれたイーゼルが三つ立てかけられていた。絵は、いずれも『サルダナパールの死』。本物は縦が約四メートル、横幅が五メートルもあるらしいが、こちらの三枚は横幅一メートル前後。習作なのか、あえてサイズを変えてあるのかはわからない。

その反対側、教卓と最前列の座席の間にあるスペースで、私は美術部員の視線に囲まれている。

どうしてこうなった？

大げさな役割ではない。制服のままパイプイスに座って、証明写真を撮るときみたいに、控えめな笑顔を浮かべるだけだ。前方には同じ型のパイプイスが扇形に配置され、三名の部員が、私を眺めながら熱心にスケッチしている。

私から見て左にいるのが、二年生の賀路《かろ》さん。左右に垂らした三つ編みが、大人しい美術部員というイメージにぴったりだ。対照的に、茶色に染めた髪と着崩した制服が快活な雰囲気を振りまいているのが、正面にいる稲走《いなばしり》さん。九月に入って部長を継いだ二年生だという。そして右のパイプイスに座っているのが、五月の盗難事件で窮地を救ってあげた小花さんだ。あのときはまだ部活動を決めていなかったらしい。盗難事件は自業自得の側面もあるとはいえ、また学園内の事件に巻き込まれるなんて、不運な子だ。

「時夜さん、協力ありがとうな」

スケッチに区切りがついた辺りで、彼女たちの後ろで様子を見守っていた顧問の蛾尾《がび》先生が口を開いた。ボトムスはジャージ、上半身はタンクトップだけのラフな格好だ。露わになっている両腕は、ボディビルダーみたいに筋肉が盛り上がっていて、どちらかというと体育教師みたいに見えるけれど、日焼けはしていない。本人によると、彫刻をやる女性は、大体こういうスタイルに落ち着くという話だった。

「高見さんの事件があったからさ、部活動はしばらく休んだ方がいいんじゃないかって諦《あきら》めかけていたんだ。口実を持ってきてくれて、助かる」

話の流れが読めない。

「今やってるこれは、部活動じゃないんですか？」

「体面上は、新聞部の取材ということになってる」

美術部顧問と、新聞部部長は、意味ありげに視線を交わす。

「絵描きに限った話じゃないけどさ、短期間でも筆を執らないと、簡単に腕前が落ちてしまうんだ。自宅で自主制作も集中できそうにないしね。しかし高見さんが目覚めないこの状況で、普段通り部活動を続けるのは外聞が悪すぎる。だが、取材という名目なら、美術室に部員が集まるのは当然だし、インタビューの合間に多少手を動かすくらい、許されるだろう」

「私と時夜さんはインタビューという名目で情報収集。美術部の皆は腕が鈍《にぶ》らないで済む。ウィンウィンってやつだねえ」

水間先輩は満面の笑みだ。この人、本当に抜け目がない。

「あの、いちおう完成しましたけど、いかがでしょうか」

小花さんがおずおずとスケッチブックを差し出してきた。残りの部員も続く。描かれた私は、どれも、褒めるしかない出来映えだった。美少女ぶりが余すところなく表現されている。あえて注文を付けるとするなら、どの私も、本物が取った姿勢より口角が上がっていて、やや見下すような目つきになっている点だろうか。三人が三人ともこうなっているということは、皆、私をそういう風に見ているのか？

水間先輩が覗き込んでくる。

「さすがに皆上手いねー。時夜さんの、小賢《こざか》しい感じがよく出てる」

癪《しゃく》に障《さわ》る表現だったけれど、同感だった。私の内面、案外わかりやすいんだろうか。

「では、ここからは口実じゃなく、本当のインタビュー。なんでも訊いて」

先生は逞しい腕で部員たちをイスごと私の正面へ引き寄せた。全員、一列に並んだ位置構成になり、私の右手に水間先輩が立っている。

「本当になんでも訊いていいんでしょうか」

念を押すと、蛾尾先生は胸元をどんと叩いた。

「あんまりな質問だったら、私がＮＧ出すから、遠慮はしないで」

「じゃあ私から。皆さん、高見先輩とは仲がよくなかったんですか？」

水間先輩が初手からぶち込んできた。

これは無遠慮というより、ＮＧのラインを測りたかったのかもしれない。先生は、受けて立つと言いたげに胸を張った。

「ノーコメントは邪推を招きそうな質問だな。ここは三人とも、正直に答えた方がいい」

小花さんに視線を合わせて、最初に答えるよう促《うなが》しているようだ。

「ええと、私は六月に入部したので、先輩方に比べると話す機会も少なくて……仲よしとか、よくないとか、それ以前というか」

「小花さんはなんとかコミュニケーション取ろうって頑張ってたよね」

フォローを入れたのは稲走さんだ。

「私は、正直なところ、あんまり仲はよくなかったです。でも嫌いとか、無視とかはないですよ。ウマが合わないってレベルというか」

「私は、この三人の中では一番話してる方かな」

最後に、ゆっくりと賀路さんが語り始める。

「一緒に展覧会へ行ったりもしたんです。去年の秋の、市立美術館のコロー展と、県立美術館のヴラマンク展。新聞部のインタビューだと、癖の強い人に思われがちですけど、実際は気さくで優しい人ですよ。ジョークも飛ばすし」

それだけ親交のあった相手が現在、意識不明であるせいか、賀路さんは眉根《まゆね》を寄せた。話を聞く限り、被害者は三人とあまり親しくなかったらしい。賀路さんとの関係が、ぎりぎり友人といえそうなレベルだろうか。

私は後ろを振り向き、三枚のドラクロワを眺めた。

「普段の部活動は、どういう感じなんでしょうか」

「そんなにややこしいことはしていない。各々の部員に課題を設定させて、大体一ヵ月から一ヵ月半くらいで完成させる。私は適宜、アドバイスしてあげるだけ」

「いつもこの美術室で作業してるんですよね」

「高見さんだけは、ここじゃなく美術準備室で作業してた」

「えっ隔離されてるの？　教師公認のいじめじゃん！」

うれしそうにスマホを取り、何か打ち込み始める水間先輩だったが、

「この時期、引退した三年生はそこが定位置なんだよ。誤解しないように」

蛾尾先生は苦笑していた。

部活動で三年生が引退する時期は、校則で一律に定められているわけではない。規律を重んじる体育会系の場合三年生のインターハイ終了後が、文化系の場合、十二月引退が慣例になっているケースが多いようだ。

「うちの場合は特殊でね。引退自体は夏だけど、それ以降も部室や関連設備は使っていいことになっている」

色々物入りだからなあ、と蛾尾先生は指でお金を作った。

「腐っても美術部だからさ、美大を目指す部員も珍しくはない。もちろんそういう生徒は、受験のために美術系の予備校や画塾に通うようになるけどさ、倍率がものすごいから、一日中絵筆を動かしたいわけだ。そこで引退した後も、部室を利用していいことになってるんだけど、どうしてもピリピリするから、一・二年生とは一緒にいられない。それで静かで邪魔もされにくい準備室を使ってもらうことにしてあるんだよ」

これは重要な話かもしれない。

今まで私は、美術準備室で被害に遭ったという情報から、何か備品を探しに行って襲

われたのだろうと思い込んでいた。

そうではなく、準備室に常駐していたのであれば、犯人の行動や思考に差異が生まれる。前者の場合、被害者が準備室へ向かうタイミングを見計らうのが難しい。しかし後者なら、自分の都合だけで動けばいいわけだ。

「準備室って、見せてもらうことはできますか」

「できるよ。ついてきて」

交渉が必要かと思ったら、あっさり許可された。

小ぶりな建物が点在している雷辺女学園の中で、美術室がある制作棟は比較的敷地の広い建物だ。私も選択授業で美術を取っているため内部の構造は把握している。二階建てで、入口から入ると建物の左よりに廊下があり、突き当たりには非常口と二階への階段。二階はトイレも廊下もない広大な展示スペースで、主に学園祭や卒業展示に活用されるらしい。一階は、入口左手がトイレ。右手が手前から教員の控え室と美術室。その奥にある美術準備室は、美術室の奥に扉があり、そこだけが入口になっている。

美術室へ入ってくる前に、私は突き当たりの非常口をちらりと眺めていた。鍵を持っていなくても、ノブをひねれば外へ出られる構造だが、ノブには保護カバーが取り付けてある。カバーには、(取り外した時点で非常ベルが鳴動します)と注意書きがプリントされていた。よく見る形式の非常口だ。

もう一つ、気になっていたのは防犯カメラだ。こちらは入口に一台だけ設置されている。美術関係の備品や画材には高価なものも珍しくないため防犯設備は必要と思われるものの、非常口を除けば入口は一ヵ所しか存在しないので、カメラもそちらに設けておけば問題ないという判断なのだろう。二階の展示スペース奥にも、同じ構造の非常口があったはずだ。まとめると、犯人が美術部の関係者かどうかを問わず、その姿は防犯カメラに撮影されているはずだけれど……いや、トイレや美術準備室の窓から入るという経路もあるだろうか。とりあえず、美術準備室を見せてもらわないことには始まらない。

蛾尾先生に案内されて、私と水間先輩は美術準備室へ向かう。後ろに残った美術部員たちは、私のスケッチを微修正しているようだ。

準備室という名称から、色々な工具や石膏像《せっこうぞう》なんかが無造作に詰め込まれているような雑然とした空間を想像していた私は、一歩足を踏み入れた瞬間、驚かされた。

きちんと整頓《せいとん》されている。壁面を中心に立ち並ぶ棚の引き出しには収納している工具類の名前がシール貼りされていて、通し番号も振ってある。棚のないスペースには、アクリルケースに収まった彫刻類と、額装された絵画が整然と展示されていた。年代が掲示されているので、おそらく部員の卒業制作なのだろう。ケースや額縁にもナンバーが振ってある。入口から見てすぐ正面の棚にある黒い大きな箱の上に、電源が入ったままのノートパソコンがあり、エクセルファイルの中に、画材の名前や作品名、そして棚や作品に振ってあったものと思われる通し番号が並んでいた。用途は検索のみで、ネットにはつながっていないようだ。

「どこにどの備品があるのか、検索できるんだ……」

すごいですね、と傍の水間先輩を見ると、苦笑いしていた。整理整頓が大の苦手で、部室も自分の部屋もひどい状態であることを自覚しているらしい。

部屋の突き当たり、方向で言うと非常階段側にスペースが設けられていた。黄色と黒のバリケードテープで封鎖されているために、そこが事件現場だとわかる。壁沿いにイーゼルが三台並んでいる。かけてある絵は、どれも『サルダナパールの死』だった。美術室の三枚と、おそらく同サイズ。それぞれ色合いが異なっているのは、他に現存しているルーヴルの五分の一サイズの作品や、本番前のスケッチを模写しているのだろうか。中央の作品のみ、まだサルダナパール王の姿が描き込まれていないため、未完成だとわかる。

「高見さんはこの絵の前に倒れていたんだよ」

蛾尾先生が中央のイーゼルを指さした。

脚の下を注視すると、ぽつぽつと黒い斑点《はんてん》が見える。殴られた際の血痕《けっこん》だろう。現場検証は終わっているはずだけど、後日確認するために拭《ふ》き取らないでいるのか、拭いた結果がこれなのかはわからない。左右のイーゼルの脚下にもかすれたような黒い跡がある。斑点状に血が残っているのは、中央のイーゼルの下だけで、三つのイーゼルをつなげるように、細く黒い線が左右に延びていた。

「凶器に使われたイーゼルは、持っていかれたまんまだよ」

同型ならある、と蛾尾先生は近くの棚から持ち出してくれた。大文字のAに何本か線を加えたような形状で、一辺五十センチ程度のキャンバスくらいしか載っかりそうにない小ぶりなものだ。目の前にあるサルダナパールを載せたイーゼルと比べても、かなり小さい。これなら女子にも簡単に振り回すことができそう。

「高見さんの血は、Aの頂点から真ん中の辺りに、所々途切れながら付いていた。大量出血っていうほどじゃなかったね」

抑揚《よくよう》のない声で先生は教えてくれる。

「殴られたとき、高見さんはイスを使ってなかったんですか」

いくつか浮かんだ疑問を並べてみる。

「高見さんは、立って制作するタイプだった」

「このスペース、美大受験用だって聞きましたけど、ドラクロワの絵は受験に関係あるんですか」

そう訊《たず》ねたのは、美大受験と言えば石膏像をデッサンしたり立方体を描いたりするものという先入観を持っていたからだ。

「ああ、正確に言うとね、高見さんは特別枠の推薦合格を獲得済みなんだ。東京の美大に」

「美大ってただでさえ狭き門なのに……本当にすごいですね」

「去年優勝した複製絵画コンクール。あれが、推薦のチケットみたいな扱いなんだよ。その後、美大の関係者から依頼があってさ、何枚か関連施設に飾ったり、海外のコンクールにも提出したいから、ドラクロワの模写をもう数点、描いてくれないかって。別に描かなくても推薦取り消しになるわけじゃなさそうだけど、受験に無縁でもない話だから、ここで制作していてもいいって許可したわけ」

　妙に水間先輩が静かだと思ったら、カメラを出して写真を撮り始めた。

「いい絵になるわー。いや、撮ってるの絵だけどさ、真ん中だけ、サルダナパールを描く前なのも、なんか意味深な状況っていうか、色々想像できそう」

「やっぱり最後に描くんですね、サルダナパール王は」

「ドラクロワがどうしていたかはともかく、最後に加えたいのは彫刻畑の私にもわかる。やっぱりこの絵の主役だからな」

　王の不在部分に対して、先生はピストルの形で指を向けた。

「個人的に、この絵を名作たらしめているのは、サルダナパール王の描き方だと思う。凡百の画家だったら、もっと悲しげな顔つきをさせたり、屈辱に激怒させたり、死を決意するような眼差しをあてはめるだろうね。けれどもドラクロワは、つまらなそうに虚空を見つめる描写を採用している。このアイデアが、悪王のキャラクターと、作品から受ける印象を際立ったものにした」

　おおむね同感だった。表情や仕草だけではない。悪王の衣服も、顔の描写もあっさりしている。触れたくなるくらい真に迫ってくる奴隷の筋肉や愛妾の柔肌に比べると、サルダナパール王の有り様はシンプルにさえ見える。鑑賞者はこの単純な主人公こそが殺戮の張本人であることを思い知り、戦慄《せんりつ》を覚えるだろう。

　この悪王の死にまつわる惨劇は、伝説と史実の中間にあるような出来事とされていて、真相は定かではない。それでも、サルダナパール王の佇《たたず》まいは、フィクションとノンフィクションの境界を越えて、鑑賞者に冷や汗をかかせる。いつの時代も、どの世界でも、虐殺のトリガーを引く権力者は、熱に浮かされてそうするのではなく、彼のように茫洋《ぼうよう》とした表情のまま命じるのではないかと。

「むせかえるようなセックス&バイオレンスに、冷や水をかけて不気味に仕上げてるって感じ」

　うだうだ考えていたら、水間先輩がまとめてくれた。癪だったけれど、本題に立ち返る。絵はどうでもいい。誰が高見さんを殴ったのか。

　バリケードテープの前に立ち、左右を眺めると、シャッターで閉ざされた窓がある。天井には古びた換気扇が稼働していて、どちらも茶色に錆《さ》びている上に、所々に埃《ほこり》がこびりついていた。

　犯人が、この窓や通気口を伝って侵入した場合、ここまで埃は残っていないだろう。不審者の侵入に、高見さんが大人しくしているとも思えない。先生に一声かけて、一人で入口へ向かい、すぐに戻ってきた。そちらにも換気扇と窓があり、状況は同じだった。

「今更ですけれど、現在の美術部員は、今、美術室にいる三人プラス高見さんで全員なんですよね」

私の問いに、美術部顧問は無言で頷いた。

すると訊きづらい質問をしなければならない。

切り出し方を迷っていると、

「あの三人の、誰かだよ」

呟いた蛾尾先生が、私の方へ近づいてきた。証言を聞き漏らすまいと、水間先輩も寄ってくる。

「ごめんね。ここ、ドアを閉めてもけっこう音漏れするんだよ。大声で話したら、こっちの声も、美術室の声も筒抜けになるんだ」

説明してくれた後で再び、

「あの三人の誰かだよ。高見さんを殴ったのは……あの日も美術室ではあの三人が課題に取り組んでいて、私は近くで監督していた。高見さんは一人、準備室でサルダナパールに筆を入れていた。三人とも、画材を取りにそれぞれ最低一回は準備室へ入ってる」

「倒れている高見さんを発見したのは、夕方でしたよね」

「下校時刻になったから、四人で呼びに行った。そしたら血まみれで」

私は立ち並ぶ棚と展示ケースの群れを見回した。整理されてはいるものの、棚も、ケースも高さは二メートル近いため、入口からでは、高見さんの姿を遮ってしまう。例えば最初に準備室へ入った誰かが被害者を襲ったとしても、下校時刻まで気づかれない可能性は高い。

「外部の人間が、こっそり忍び込んでいたという可能性は？」

「ないね。準備室は美術室を経由しないと入れないし。美術室へは一階の入口を使わないとダメ。すると防犯カメラに写ってしまう。外部から入った犯人が一旦、二階に隠れるとしても、最初に入ってくるのは一階の入口しかルートがない」

非常口は開閉可能だけれど、開いた途端にブザーが鳴り響くはずだ。そもそも非常口を使ったとしても、防犯カメラは回避できない角度だった。

「いちおう防犯カメラは確認してあるけれど、不審者は見当たらなかった」

「先生が映像を見たんですか？　ああいうのって、管理課が配備するものなんじゃ」

「防犯カメラ自体は管理課の所有だけれど、プロテクトはかかっていなかったからUSBケーブルをつないだら簡単にコピーできる。私の言葉が信じられないなら、データをコピーしてあげてもいい」

先生はジャージの胸ポケットからSDカードを取り出した。

変わってるな、この人。

たかが素人探偵にすぎないこの私に、どうしてここまで協力的なのだろう。私が事件を解決するということは、教え子の誰かが逮捕される結果につながるというのに、平気なんだろうか？

「ドライに感じる？　確かに、この学園に籍を置き続けるのだったら、誰がやったのかうやむやになるよう動いた方が賢明かもね。でも私、この学園は来年三月までだから」

四月から、海外のアート団体に所属することが決まっているのだと先生は教えてくれた。

「誰がやったにしても、顧問として責任を問われるのは間違いない。学園内の地位に関しては辞《や》めちゃうから関係ないけど、民事上の責任を問われる可能性はある。だったら、国内にいる間にはっきりさせときたいわけよ」

「そういう事情なら、もうちょっと踏み込んでも構いませんか」

薄皮一枚分、遠慮を脱ぎ捨てる。

「あの三人と高見さんの間に問題がなかったか、もう一度確認したいんですけど」

「本当ですよ、高見先輩とケンカなんてしたことありません」

賀路さんが頬を紅潮させる。

美術室へ戻ってきた途端、「さっきの話嘘でしょー、本当は高見さんと険悪だったんじゃないのー?」と水間先輩が切り出したものだから、怒るのも無理はない。

「言ったじゃないですか。私、高見先輩とは何度も展覧会へ一緒に行ったって」

「それでも、一番話してる方かな、って程度の仲なんだよね」

水間先輩は攻勢の口を緩めない。先ほどの本人の発言を引き合いに出して、

「相手は先輩だし、同じ空間で過ごすことも多いから、友好的でいようとは心がけてたんだよね。それでも、壁はあった。なんでだろう」

「例えばですね、私は現代美術をやりたくて、賀路ちゃんはガチガチの写実絵画派で、

小花ちゃんはアニメと写実の中間くらいが分野なんですけど」

稲走さんが助け船を出した。この二人は、タイプがぜんぜん違うようでいて、仲は悪くないらしい。

「高見先輩と私たち三人とでは、もっと大きな壁があるんです。たぶん、先生も同じ。ジャンルがどうこうよりも、オリジナルをやりたいのと、模写とでは志が違いますもん」

一年前の記事を思い出す。

高見さんは、その優れた筆力を使って、ただ「絵が上手い」と賞賛されることだけを求めていた。読みようによっては、オリジナリティの追求を後付けの動機だと軽蔑《けいべつ》していたようにも受け取ることができる。

この人と私は違う。同じ美術部員でも、明確な線引きが生まれてしまうのも仕方がない事情だろう。

「いじめとか無視じゃないんです。やんわりと区別していただけなんです。私たちからも、高見先輩からも」

賀路さんの頰の赤みは抜け始めている。

「だから、高見さんとはもめごととか、衝突とか、本当になかったです」

「高見さんとは、って言ったね」

水間先輩がいやらしく食いついた。この人、聞き込みだと使えるな……。

「高見さん以外の誰かと誰かで、もめごとが起きてたってこと？」

小花さんが眉間に皺がよるくらいの勢いで目を閉じた。

賀路さんと稲走さんが、居心地悪そうに視線を合わせる。

「関係ない話だと思うが、説明するべきだろうな。痛くもない腹を探られたくないだろう」

蛾尾先生が割り込んでくる。

「あれ、五時くらいだっけ？　私が職員室でスウェーデンのチョコレートをもらったから、皆で食べようって話になって」

「四時四十五分でしたね」

賀路さんが修正を入れた。

「高見先輩は自分で区切りをつけるタイプだから、邪魔しない方がいいよねって、先輩以外の四人でお茶しました。なんかドラマの話題になって、前の日に観た九時台のドラマが、意外にエッチなシーンになってびっくりしたとかそういう話題になったとき、稲走さんが余計なことを言ったんです」

目を閉じたままの小花さんを前に、稲走さんはばつが悪そうに顔を掻いている。

「言っちゃったんですよ。『知ってる？　一年の子が、エッチな写真を撮られて脅迫されたんだって！　いやあ、ポルノハブみたいなこと、実際にあるんだねえ』って」

小花さんの反応に納得がいった。

あの事件、内々に処理されたはずだけど、まだ尾を引いているのか。漏洩《ろうえい》したのは誰だ。

「水間先輩、謝罪するべきです」

「私じゃないってば！　こういうのはさあ、関係者の口からどうしても広まっちゃうものなんだよ」

「水間先輩のせいじゃありません。私が悪いんです。私があんな自撮りをしちゃったから」

目を開いた小花さんは涙目だ。すぐにハンカチで拭《ぬぐ》っている。

「私が悪いんですけど、あのときは、稲走先輩が、一年生って誰だろうね、あの子かなあの子かなってしつこかったから、ついキレちゃったんです。『私ですよ！』って叫んじゃいました」

すごかったろうな。その場の雰囲気。

「すぐ小花さんに事情を説明してもらって、私が妄想してたような事件じゃないとはわかったんですけど、今度は賀路ちゃんにそういう配慮が足りないところあるよねって責め立てられて……ちょっと口論みたいになっちゃったんですよね」

もう仲よしですけどね、と稲走さんは小花さん、賀路さんの手をつかみ、高く掲げた。なんとなく部員三人の人間関係が把握できた気がする。

「それ以外で、部員の間でもめごととかは？」

「とくに思い当たらないなあ。基本的に、制作中は黙々と作業してるからね。人間関係のトラブルは本当に少ない部活だったよ」

過去形で話す蛾尾先生の顔は、心底無念そうに見えた。

その後で私が確認したのは、事件当日、美術室にいた面々が美術準備室を使用したタイミングだ。一つ、アイデアを思いついていた。一人一人、準備室に隔離して、小声で証言してもらう。その結果と防犯カメラの映像も照らし合わせて、各自の証言に齟齬《そご》が生じていないか。生じている場合、それは犯人が自分に都合よく現実をねじ曲げようとした証拠ではないかを吟味できると期待したのだ。

帰寮後、私はベッドの上でノートパソコンを開き、作成が終わったタイムテーブルを眺め、頭を抱えていた。

十四時五十五分　蛾尾、美術室を解錠した上、入室。同時に美術準備室も解錠。

十五時十分　賀路・稲走・小花・高見が美術室に。高見のみ、すぐに美術準備室へ移動。

十五時二十分～二十八分　蛾尾、一階トイレを使用。

十五時二十二分～二十七分　高見、美術室経由で美術準備室を出て、一階トイレを使用（以降、美術準備室に戻った高見に誰も声をかけておらず、目視確認もしていないと全員が証言）。

十五時三十分～三十五分　稲走、美術準備室に入室（デッサンポーズ集を取りに行くため）。

十五時三十分～四十分　小花、一階トイレを使用。

十五時四十三分～四十八分　賀路、一階トイレを使用。

十五時五十分～五十二分　小花、美術準備室に入室（アクリル塗料を調達するため）。

十六時～十六時十分　稲走、一階トイレを使用。

十六時四十五分～十七時　蛾尾・賀路・稲走・小花、おやつの時間。小花の脅迫事件について稲走が無配慮な発言をしたため、賀路と口論になる。

十七時～十七時十分　賀路、美術準備室に入室（石膏像を調達するため）。

十七時三十分～三十八分　蛾尾、一階トイレを使用。

十八時　下校時刻、準備室に入った蛾尾・賀路・稲走・小花が倒れ伏している高見を発見、救急と警察に通報する。

矛盾は見当たらなかった。

この日の部活動中、準備室に入らなかったのは蛾尾先生だけ。先生によると、準備室を使用している三年生に対しては、基本的に相手から指導を求められない限り話しかけることは少ないそうだ。

賀路・稲走・小花の三名は準備室を使用している。それぞれが取りに行った画材などと高見さんの位置関係も確認したけれど、倒れている高見さんが見えなかったとしても不自然なポジションではなかった。

美術室にいた四名のいずれかがトイレもしくは準備室へ向かう際、少なくとも一人は美術室に残っていたため、他のメンバーに黙って移動することも不可能。移動した時間帯に関する限り、各自の証言に嘘はない。

「警察もこのタイムテーブルくらいの情報は、当然把握してる」

水間先輩が隣のベッドから資料の山を乗り越え画面を覗き込んでくる。

「当然だけど、小花さん、稲走さん、賀路さんの誰かが犯人だと思ってるわけだ」

美術部に対する質問は、本当はもう少し続行したかったのだけれど、十七時に職員室から呼び出しがあり、四人とも出ていってしまった。後で一人だけ戻ってきた蛾尾先生によると、部員たちは職員室で警察に聴取されているという。時間がかかりそうだったため、インタビュー兼捜査はお開きとなった。

「警察の人も、部員に注目してるってことだよね。三人とも鋼《はがね》のメンタルには見えなかったし、厳しくされたら、自白しちゃうかも。これ、まずくない？」

「まずい状態にしてくれたのは先輩ですけどね」

視線も使って、新聞部部長に怒りを表明する。先輩が、皆に期待させるような余計な記事を書かなかったら、私はノータッチでもよかったんですけどね。

「ごめんってば。ま、今回も時夜さんなら大丈夫でしょ。ちゃちゃっと解決しちゃってよ」

お気楽すぎる。抗議するのも疲れた。

夜気に備えるため、私はコートを羽織った。

「滝で、精神集中してきます……」

「今度こそ、もう来ないいんじゃないかと思ってたわ」

滝の岩場でつまらなそうに腰掛けていた亡霊は、私と目が合った途端、瞳を輝かせたけれど、すぐさま取り繕《つくろ》うようにあくびをした。幽霊に生理現象があるとは思えないので、ポーズに決まっている。

「およそ四ヵ月ぶり。卒業まで放置されなかったことは喜ぶべきでしょうけど、遺骨を集める段取りが付いたわけでもなさそうね」

皮肉を聞き流し、私は美術部で発生した傷害事件と、本日、容疑者たちにインタビューした内容を詳細に伝えた。

「前回の大浴場に引き続き、美術部とはね」

「お願いします師匠。前回に引き続き、私に知恵を貸してください」

「都合のいいときだけ師匠呼びじゃない？　まあいいけど、貸す知恵とやらが、美術部員の中から犯人をピックアップしろという話だったら、無理よ。私にはわからない」

「どうしてです」

こういう答えが返ってくる可能性もあるとは覚悟していたけれど、いちおう、訊いた。

「盗難騒ぎのときは、すぐに答えを出してくれたじゃないですか」

「そのとき説明したでしょう。私は超絶天才だけど、神様じゃない。この場所から一歩も動けない私は、必要な情報が手元に揃《そろ》わなかったら、犯人を導き出すなんて不可能だって」

やっぱり、今回は材料が足りないらしい。私も薄々勘付いてはいたけれど、師匠ならなんとかしてくれるのではという期待もあった。

「どういう情報がほしいんですか」

「最初からわかっていたら苦労しない」

もっともな話だった。推理に必要な素材が足りず、どんな素材が必要かを判断する軸足もわからない。だったらいっそのこと、師匠の前にスマホを固定して、犯行現場を中継して師匠自身の目で調べてもらおうか？

この提案は、口に出す前にブレーキがかかった。

――そこまで委《ゆだ》ねていいものだろうか。

私と師匠は、互いに利用し合う関係だ。師匠は成仏するために、私は学園内で評価されるために互いを必要としている。

だから自分の都合に合わせて相手の頭脳を使って問題ないはずだけど、しかし便利に使い倒しているような相手でも、その便利さに依存してしまったら後が恐ろしい。クラスメイトみたいに会話が弾む相手でも、目の前にいるのは亡霊なのだ。そして私は、この人以外の亡霊に会った経験がない。手放しで信頼できるはずもない。

弱みや無能をさらけ出しすぎてしまったら、つけこまれ、生者には想像もつかないペナルティーを負う可能性だって、ないとは言い切れない。最低限の才覚は示しておくべきだ。

「前の事件を解決してもらったとき、犯罪者の合理モデルを思い描くって話してましたよね」

意外そうに亡霊は眉を上げた。

「学ぶつもりはあったのね」

「こう見えてそれなりに勤勉なんです。今回の犯人の場合は、複数人に容疑が分散される状況下で、現場にあったイーゼルを凶器にして被害者の後頭部を殴りつけている。合理的な性格を設定するまでもなく、シンプルで無駄のない犯行方法です。この犯人なら余計なことはしないと仮定した上で、普通に考えて不要と思われる痕跡が現場に見つかった場合、それは、単純指向の犯人でさえそうせざるをえなかった理由が隠されていると推測できる。師匠が求めてる推理の材料って、その辺りじゃないですか？」

「考え方は正しいけれど、具体的に見せてもらわないとね」

師匠の言い草に手応《てごた》えを感じた私は、今日中に戻ってくると告げて滝を離れた。

丘を降りる途中で、蛾尾先生に電話する。もう一度話を訊いても構わないかと切り出したところ、部員たちは警察の尋問で疲れているので、明日以降にしてほしいと謝絶された。構わない。もう一度準備室に行きたいだけですと答えると、手配して下校時刻後の校舎に立ち入りを許可してもらえることになった。


美術準備室の前で蛾尾先生が待っていてくれた。

「お手数をおかけします」

「いいって。この程度の手間で、解決してもらえるなら安いものだから」

解決できるとは限りませんがとことわった上で、入室させてもらう。突き当たりの犯行現場へ向かう前に、ふと目に留まったものがある。

検索用のノートパソコンが載せてある黒い箱だ。

私が調べたい事柄とは別枠だが、最初に訪れた際も気になっていた。箱、というのは私の印象で、たぶん、周囲にある棚と同じものだ。この棚だけ、黒い布で覆われているため、初見は箱に見えた。

「この棚には、何も入れてないんですか」

訊ねると、蛾尾先生はアルカイックスマイルで肩をすくめた。

「なんですかそのリアクション」

「困ったなあってリアクション」

教えてはもらえないかなと思ったら、先生はさっさとパソコンをどけ、布も取り払った。

「……困ってるんじゃなかったんですか」

「まあ、校則で禁じられてる行為でもないし、あの三人も見たから、この際、いいかって」

棚の中には、古びたファイルが立ち並んでいる。背表紙に記されている文字は様々だったが、すべてある人物の名前が入っていた。

・理事長M作成書類
・理事長Mデザイン画
・理事長M在校時提出書類
・理事長M卒業制作
・理事長M各種写真
……その他、Mの名が記された各種書類。

「M。およそ三十年前に学園で発生した一件の集団昏倒事件、二件の殺人事件の黒幕とされ、時夜さんの大叔母さんと一緒に滝で落命した怪人、そしてこの学園の五代目理事長」

そして美術部のOGでもある、と先生は教えてくれた。

「それで、関連書類をここにまとめてあるんですか」

「Mの死後、遺された色々な書類をどう扱うべきか皆、迷ったらしくてね。スペースもあって、元々Mの卒業制作を保管してあったここが選ばれたってわけ」

さすがに興味を惹かれる。中身を見てもいいですかと訊くと、簡単にOKが出た。賀路さんたちも目を通しているらしい。

最初に作成書類をぱらぱらとめくる。文部省や県に対して、理事長時代のMが提出した各種申請書の写しがまとめてあるだけで、とくに興味深いものはなかった。

次に、各種写真。入学して一年半、もういやというほど見慣れている顔が次々と視界に飛び込んでくる。笑顔が多いな、と思う。周囲に集まる人々も、同じように満面の笑みだ。大叔母さんの写真なら校内のそこら中で資料が手に入るけれど、時夜遊はこんなに笑っていなかった。大犯罪者には人を引きつける魅力が備わっており、名探偵はあくまで孤独ということだろうか。

三番目に、デザイン画のファイルを開く。そこには、おそらくMの手書きと思われるファッションデザイン画が綴《と》じてあった。ミニスカート、コート、ワンピース、驚いたことに、見覚えのあるどころではない衣服も描かれている。私は自分の胸元や足元に視線を移す。

「これ、うちの制服じゃないですか」

「厳密に言うと共同制作らしいよ。制服を一新する話が出た際、Mと親交の深かったデザイナーと二人で作ったんだって」

「ちょっと信じられないんですけど。犯罪者のデザインを、ずーっと、生徒に着させているんですか」

法律上は大丈夫かもしれないが、問題にならなかったんだろうか。

「制服の場合、共同制作のデザイナーがけっこうな大物だったからその人に気を遣ったという説もある。実際、Mが一人でデザインした、教職員の制服は廃止になったから」

現在、教職員は各々ＴＰＯに応じてスーツやワンピース、ジャージを着込んでいるけれど、Ｍの時代まで教職員にも制服が定められていたらしい。理事長だったＭも、自分でデザインした制服に身を包んでいたという話だった。

「だとしても、剛毅《ごうき》というかのんきというか……」

「そもそもＭは刑法の上では犯罪者と認定されていないわけだから、うかつな扱いはできないのかもしれないね」

どういうことだろう。

「あれ、時夜さん知らないんだ」

美術教師は大げさに身をのけぞらせる。

「三十年前に起きた昏倒・殺人事件で主犯と見なされているのは、あくまでそれぞれの事件の実行犯。Mに関しては、その行いが主犯たちに影響した事実は否定できないものの、直接、指示を与えたわけではない……少なくとも警察はそのように結論付けている」

「どうやったんです？　直接指示を与えず、影響だけって」

「この棚には、Mに関するほとんどの資料が保管されている。つまりすべてではない。Mの記した一冊のノートだけは、影響力を考慮して、警察が保管している」

「何が書いてあるんですか」

「私も現物を見たことがないから、話半分で聞いてほしいんだけどさ」

そこで蛾尾先生はためらうようにゆっくりとした話し方になり、

「当時の学園の、人間関係のすべてが記載されていたらしいよ」

すべて、とは。

「文字通りのすべて。例えば一年一組のA子さんが三組のB子さんに淡い恋心を抱いているとか。二組のC先生がD子さんをひいきしていたとか。体育のE先生が、F子さんのお父さんと不倫関係にあったとか、一組のG子さんと二組のH子さんは、実は片親分だけ血のつながった姉妹だとか、三組のI子さんは、小学生の頃から姉のJ子さんに毎日ストレスの発散対象としてサンドバッグにされていたとか」

まるで現物を読んだ機会があったように、すらすらと教えてくれた。

「すべて、詳細に記されていたらしいよ。生徒だけじゃなく、教職員に関しても全部。それらの事実を踏まえた上で、どんな風につっついたら、一人一人の心を壊してしまえるかについても考察されていたって」

「……考察だけじゃなく、実行したんですねMは。犯人たちに対して」

「Mは学園の理事長という立場だったけど、当時、二十代前半で学生と年も近かったから、しばしば悩み事の相談相手も務めていたそうだ。三つの事件の犯人たちは、それぞれ、Mに深く傾倒していたという記録も残っている」

私は三十年前の光景を思い浮かべた。

傲慢《ごうまん》さが溢れているのにどこか心地いい声が、悩み多き少女の心に語りかける。おそらく、「殺せ」「傷付けろ」と誘導したわけではない。ほんの少しだけ、少しずつ、少女の不満を具体的な行動に結びつけ、誰かを憎むように背中を撫でさする。だから犯人たちは、自分の意志で犯罪に手を染めたと信じているけれど、彼女たちの心に毒を注ぎ込んだのは、紛《まぎ》れもなくMなのだ。

「犯人たちは、誰一人としてMのことを悪く言わなかった。その点をかえって疑わしいと感じた時夜遊は、探りを入れる目的でMを雷辺の滝へ呼び出したが、言い争いから実力行使に発展したのか、名探偵も、Mも、滝壺へ消えた――それが名探偵と犯罪者の顚《てん》末《まつ》だよ」

聞いていた話と少し違う。

「一般に信じられてる話だと、大叔母さんは、Mの関与を示す証拠を少しは手に入れていたようなニュアンスでしたけど」

「それは若干、誇張が入ってるね。遊さんが遺した手記には、具体的な証拠を得たとは書いてないから」

「それじゃあ、どうしてMが黒幕だったたって結論付けてるんですか」

「第一に、今言った通り、遊さんが手記を遺している。第二に、件《くだん》のノートは間違いなくMの筆跡で記されており、そこに記された情報には、明らかに非合法な手段を使用しないと得られないものも含まれていた。第三に、Mが消えた途端、犯罪も、不穏な出来事も学園から消えた。第四に、Mの死後、彼女が数々の不正行為を隠蔽《いんぺい》していたことが明らかになった」

警察が採用できるレベルの証拠は見つからなかったものの、状況から見てほぼクロというわけか。

「私見だが、名探偵と黒幕の最後の対決が、曖昧なまま幕を下ろしたところが伝説を補強しているのかもしれないな」

美術教師は資料の束にとろけるような眼差しを送る。

「霧のように正体がつかめない操り手、そいつを道連れにして水の底へ消えた名探偵——実に映えるじゃないか」

「蛾尾先生」

私は無遠慮な指摘を突きつける。

「なんだか、楽しそうに説明しますね」

「遊さんの活躍に胸躍るのは当然。Ｍにもダークヒーロー的な魅力を感じないっていうと嘘にはなるよね。時夜さんには申し訳ないけどさ」

構いませんよと答える。本心だった。

「でもごめんなさい。この件は、今私が探したい情報からはずれているみたいです。突き当たりを拝見しますね」

やや強引に話題を打ち切り、棚にカバーをかけてもらう。興味を惹かれる話だが、私は滝で亡霊に会っているのだから、当時の話を知りたかったら、直接訊ねたらいい。

テープで区切られたままの犯行現場へ向かう。当然だが、最初に訪れたときと変わりはない。隅々《すみずみ》まで見渡したいもののバリケードテープに阻《はば》まれているので、今回はスマホをかざし、カメラアプリのズーム機能を使用する。最近買い換えたばかりの機種なので、かなりの高解像度で観察できる。

三台のイーゼル。

それぞれ色合いの異なる『サルダナパールの死』。

中央のイーゼル、その脚下に黒い線と斑点。

左右のイーゼルの下にもかすれたような黒い跡があり、これらは血痕と思われ——

おや？

私は黒い斑点にズームアップした。

「先生、イーゼルの足元にある黒い点々、血痕で間違いないですよね」

「それで当たりだよ。高見さんを見つけた時点では、もうちょっと赤みが強かったけど」

どうして、こんな感じになるんだろう？

中央のイーゼル付近だけ、点々がそのまま残っている。

「先生、イーゼルって借りてもいいですか」

「警察に動かすなって言われてるからダメ」

「ここにあるやつじゃなくても構いません。このイーゼルと同じ型があったら試してみたいことがあるんです」


準備室には同型のイーゼルが数脚保管されていた。そのうち三つを、先生にも手伝ってもらって美術室へ運ぶ。お世話になりっぱなしで心苦しいくらいだ。

「殴られた高見さんの、血の飛び散り具合を確認したいんですけど、血糊《ちのり》に使えるものってないでしょうか」

美術室で実験するのは、少しでも現場を汚したくないからだった。準備室もこの部屋も、同種のフローリングが敷かれているため、場所を変えてもデメリットはない。

先生が貸してくれたのは、画材メーカーからもらったという試供品の塗料だ。習作用に開発されたもので、水拭きで簡単に拭き取れるという。赤色の塗料を選び、霧吹きに注ぐ。三脚並んだイーゼル。その前に立っていた高見先輩は、後頭部を殴られて前方へ倒れ、その結果、血痕がイーゼルの脚下に残った。

「倒れていた高見さんって、どんな風に血が流れてましたか」

「実は撮影してる。救急車が到着する前に、捜査の役に立つかなと思ってね。気持ち悪くなるかもだけど見る？」

見ないとは言えなかった。

先生のスマホを覗き込む。思ったより冷静に眺めることができた。高見先輩と面識がなかったことが幸いしたのかもしれない。

床に倒れている高見先輩の上半身がアップになっている。両手は前方に伸び、完全にうつぶせになっているので表情はわからない。血は、髪とのコントラストがなくてわかりにくいのだが、後頭部から頭頂にかけて溢れているようだ。つややかな黒髪は、大半が背中の方に流れているが、一割程度が前方にかかっていた。その先端から赤い滴が垂れ落ちる寸前をとらえた画像のようだ。

床に落ちていた血液は髪を伝った一部だけで、大半は後頭部や制服を濡らしていたらしい。

「再現するなら、こんな感じですかね」

イーゼルの脚下に、デッサン用のボールを置く。その上、やや前方を意識して、水で薄めた塗料をスポイトで垂らしていくと、一部が床へと零《こぼ》れ、点々を形作った。

さらに垂らし続けると、一部の塗料は左右に広がっていく。床板の継ぎ目が溝の役割を果たしているようだ。左右に延びる血の線は、両側にあるイーゼルの外側の脚下で動かなくなった。その辺りで継ぎ目が変わっているためだろう。なお床板構造は、この場所も、犯行現場も同じ条件だった。

スポイトを置いて後ろへ下がり、全景を確認する。

「やっぱり違います」

事件現場を撮影した画像と見比べる。

中央のイーゼル付近に点々と、黒い線が残っているのは同じ。

問題は、左右のイーゼルだ。

事件現場の血痕は、左右にかすれたような輪を描いている。

ところが今回の実験結果では、輪が見えない。それぞれイーゼルの手前に、塗料が溜《た》まっているだけだ。

私は右手にあるイーゼルの前に立ち、上部を両手で抱えて、そのまま一回転させた。

左手のイーゼルも、同じように回転させる。とりあえず、どちらも右回りで統一した。

再び距離を取り、塗料の跡を確認する。

「ほとんど同じだ」

納得と、困惑を感じながら私は呟いた。

倒れ伏した高見さんの髪から血が流れ、その血は中央のイーゼル付近に点々と落ちた。さらに流れ続けた血の一部は、床板の継ぎ目に流れて、左右にあるイーゼルの手前付近まで血の筋を作った。

その後で、左右のイーゼルが回転したために、その周辺に血糊が輪を作る結果となった。では、誰がイーゼルを回転させたのか。

高見さんではない。そんな余裕があったとは信じられないし、頭から血を流しながら作業したのであれば、血痕は、もっと広範囲に残されているはずだ。

すると準備室を出入りしている、稲走さん・小花さん・賀路さんのいずれかという結論になる。

その人物が犯人だったとは言い切れない。例えば最初に入室した稲走さんが犯人で、高見さんを襲った後、二番手の小花さんがイーゼルを回転させたとも考えられる。小花さんが犯人で賀路さんが回転させた人というケースも成り立つだろうし、稲走さんが犯人で、小花さんは倒れ伏していた高見さんに気づかず、最後に入ってきた賀路さんが発見して回転させたパターンもあり得る。

しかしどの場合にしても、イーゼルを回転させるという行為にはリスクが伴っていたはずだ。

準備室は施錠されていたわけではないのだから、イーゼルを動かそうとしている間に、他の誰かに見とがめられる可能性もゼロではなかった。回転させたのが犯人だろうが別人だろうが、被害者を放置したままイーゼルを動かしている光景を目撃された場合、言い逃れるのは難しいだろう。それほどの危険を承知の上で、その誰かはイーゼルを回転させたのだ。

被害者の背後から後頭部を殴りつける。それだけの、単純で、だからこそ攻めどころの見出《みいだ》せないこの事件に、初めて複雑な要素が出現したことになる。

この回転が突破口になると信じて、滝へ戻るべきだろうか。それとも、もう少し材料を求めるべきだろうか。

一回転……何のために？

「先に答えておいてあげる。イーゼルを回転させるなんて技法は知らないし、教えてもいない。高見さんが実践しているところを見た覚えもないよ」

蛾尾先生が言った。背後に立って、私に浮かんだ疑問を理解してくれたのだろう。

イーゼルを注視する。高見さんの後ろ姿を思い浮かべ、その背後からイーゼルを高く掲げてなぐりかかろうとする犯人を想像した。

ふと、高見さんの幻から違和感が立ち上ってきた。

「そういえば、パレットと絵筆はどこにあったんでしょう」

画像の高見さんは、両手のどちらにも、筆もパレットも持っていなかったし、それらは身体の近くにも投げ出されていなかった。しかし中央のサルダナパールは未完成だったから、その前に立っていた以上、制作中だったと考えるのが自然だ。

「警察に持っていかれたんですか」

「パレットも筆も、使ってなかった」

意外な回答だった。

「襲われたとき、高見先輩は絵を描いてなかったんですか」

「そうみたいだ。正確には一時的にね。さっきは気づかなかっただろうけど、犯行現場の右後ろにある棚だけ、あそこで作業する人が一時的に画材を置いておけるスペースになっている。下から三段目に、パレットと絵筆、そして絵の具入れが置いてあった。どれも高見さんの愛用品で、欠けもなかったよ」

絵を描かず、でもサルダナパールの前に立っていた高見さん。

出来映えを確かめたり、次にどこから手を付けるかを考えるために、そうする場合もあるだろう。でもその直後に襲われたとしたら、私としては、そこに意味合いを見出さずにはいられない。

何かがつながりそうな予感もあった。けれども、

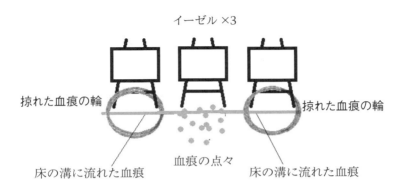

これ以上自分の頭脳にばかり頼ってはいられない。数秒後に意識を取り戻した高見さんから、もしくは警察の科学捜査の結果から、犯人の名前が判明するかもしれないからだ。これ以上、悠長に構えてはいられない。

先生に礼を言って、私は再び雷辺の滝へ向かった。

「上出来ね」

息を切らしながら、手に入れた情報を早口にまくし立てると、亡霊は満足そうに口元を緩ませた。

丘を往復した甲斐《かい》があった、と私は胸を撫で下ろす。

「師匠の言う犯罪者の合理的モデル、イーゼルの件で組み立てられそうですか」

「あと少しだけ、足りないものがある。確認して」

「えっ、また戻ってくるの」

全身が疲労感に浸される。

「直接確かめなくてもいいことよ。一つ、美術室のイーゼルにあった『サルダナパールの死』が気になる。その三枚が、いつから美術室にあったたか、妙な細工をされていた覚えはないか訊いて。二つ、高見さんがスマホや私用のノートパソコンなどを持ち歩いていたか。持っていた場合、事件当日どこにあったのか」

手間をかけて申し訳ないと思いながらも、スマホで蛾尾先生を呼び出した。別にうんざりしたリアクションでもない。寛大な人だ。

「教えてもらいました。あの三点は二週間前に完成させた作品で、それからずっと美術室に飾ってあるそうです。それ以降、とくに変化はないって。それからスマホとノートパソコンですけど、ノートパソコンはナシで、スマホは持ってました。事件当日は、部活が始まった時間から鞄に入れたまま美術室に置いてあったそうです」

「ご苦労様。これで材料は揃った」

岩棚に寄りかかり、亡霊は優雅に宣言する。

「さあ、愚者の足取りをあらためていきましょう」


「えっなんですかそれ」

私が即座に訊き返すと、亡霊は眉根を寄せた。

「犯人を割り出すために材料が揃ったって言ったのよ」

「じゃなくて、その後ですよ。愚者の足音がなんとかって」

「『愚者の足取りをあらためていきましょう』よ！」

亡霊の頬が赤く染まっている。

「あなた、盗難事件のときに文句をつけてたじゃないのよ。それで考えてあげたのに！」

しばらく何を言っているのか思い至らなかった私だったが、

「あー、決めゼリフだ！　私がそういうのないんですかって言ったせいで……スミマセン」

「忘れてるんじゃないわよ！」

もういい、と吐き捨ててから、亡霊は咳《せき》をする。

「リクエストになんて応えるんじゃなかったわ。無感動に、事務的に終わらせるわよ」

「それも決めゼリフっぽいですね」

「うっさい」

「まあまあそう怒らないで。始めてくださいよ。愚者の足取りをあらためてください」

「うるさい！」

咳払いを繰り返した後で、亡霊は切り出した。

「今回の事件、犯行状況だけを振り返ってみると、極めて単純で、推理を働かせる余地はないように思われる。被害者の背後に忍び寄り、事件現場にあった物を使用して後頭部から一撃。トリックや策謀が介在する余地のない犯罪に見えるわね。工夫が存在しない分、行為者の個性も窺《うかが》えないから、犯人を特定する足がかりも見当たらなかった。

ところが、血痕が輪を描いていた事実から、被害者の前にあった三脚のイーゼルのうち、左右の二脚が一回転していたと判明した。回転させたのが犯人だとすれば、犯行に関してはシンプルな手法を採用した犯人が、無意味に時間を費やすとは考えにくい。つまりイーゼルを回転させる行為には、犯人にとって重要な要素が関係していると推測できる……これは翔さんのお手柄ね」

私にも花を持たせてくれるんだな……私は亡霊の人格について、評価を改めた。案外、気配りができる人だ。

「では、なぜ回転させたのか？　その上に絵が載せられていたイーゼルを一回転させるという行為は、普通に考えると意味がない行動のように感じられるけれど、このような不可解な行為に出くわした場合、ある方法を採用することで光明が射《さ》す例もあるの。問題を分割するという方法ね。『イーゼルが一回転していた』この事実をどのように分割すればいいと思う？」

いきなり珍問を突きつけられて、私は返答に迷う。

「ええと、『一回転していた』を『半回転していた』二つに分けるとか」

答えておきながら、自分に呆れていた。そのままじゃないか。

「正解」

「ええっ……」

適当に転がしたら当たりだった。

「意味不明です。一を半分にしたところで、何が変わるんでしょう」

「回した人間も別々だったと仮定したら？　最初に一人目が半周させて、二人目がもう半周させたなら」

「それだったら、血痕があんな形にならないと思いますけど——」

口にしてから、思い直す。左右のイーゼルの前に床の切れ目があり、切れ目に入った血の流れは、それぞれの端《はし》っこにまで達していた。この状態でイーゼルを回転させた場合、半周させるだけで、引っかかった血液は輪を描く。

頭の中で、何かが噛《か》み合《あ》う感触があった。

「言われてみると、あの血痕……かすれた円形は、半回転を二回繰り返した感じだったかもです」

最初の半回転で床に跡が残り、次の半回転で同じ形の、少し位置のずれた跡がついて、ほぼ同時に血も滴《したた》ったからこそ、掠れた円形ができあがったとも考えられる。

それがどの部分なのか、推理力に乏《とぼ》しい私には言語化できないものの、さっきまで雲の上にあった事件の真相が、手を伸ばした先にまで急降下してきたように思われた。

「仮定に仮定を重ねてみるわね。それぞれ、半回転させた人物は誰か？　後の回転については、血痕が輪を作っていることから、被害者が犯人に襲われた後であることは疑いようがない。つまりこの人物は、血まみれの被害者の横で、いつ誰かが準備室へ入ってくるかわからないのに細工に取り組んでいる。リスクを承知で、準備室に留まる必要があったからには、回転させなければ致命的な結果を招くと理解していたからに他ならない。つまり反転していたサルダナパールには、犯人を特定できるような意味があり、これを再び元の角度に戻した人物は、犯人か、犯人の協力者に近い人物だったと推察できる。では、最初に絵画を半回転させた人間は誰？」

「普通に考えると、被害者の高見さんでしょうかね」

「それが自然な発想でしょうね。なにより、襲われた際の被害者は、絵筆もパレットも手にしていなかった。だとしたら、制作の手を休めて、イーゼルを回転させた直後に襲撃された可能性が高い」

「でも、高見さんは後頭部をやられていたわけですから、犯人に襲われることをまったく警戒していなかったように見えます。あらかじめ誰かが怪しいと思っていたなら、もっと用心したり、誰かに相談したりできたんじゃないでしょうか」

「だったら、半回転させたイーゼルに犯人を告発する意図はなく、別の意味合いでそうした結果、偶然にも犯人にとって致命的な結果を招く状態になったと解釈できるわね」

納得しても、この先がわからない。

二枚のサルダナパール、これらを半回転させる行為が何を意味するのか。

ふいに私は、師匠がついさっき教えてくれた「問題を分割する」という方法に意識を引っ張られた。

「今度はくっつけるんでしょうか」

「……どんな風に？」

亡霊の眉が、機嫌よさそうに跳ね上がった。

「二枚の絵画を一つにまとめるんです。枚数に意味はなかったのかもしれない。もしイーゼルが四つ、サルダナパールも四つかかっていたら、裏返したのは三枚だったかも。そのままになっていた真ん中の絵は、未完成だったから。可能なら中央のサルダナパールもひっくり返したかったけれど、筆を入れている途中だったから断念したんです。本来、高見さんは準備室に入ってきた人間に、『サルダナパールの死』という作品自体を見せたくなかったんじゃないですか」

ゆっくりと、亡霊は両手を打ち鳴らす。

「お利口さん。名探偵の足元くらいには近づいたんじゃない？」

うれしくない。この人に賞賛されても、警戒心が昂《こう》じるだけだ。

「……ちょっとその先は想像できません。ここまでイーゼル、イーゼルと繰り返してきましたけれど、上に載っかっていた絵画に意味があるとして、それをなぜ見せたくなかったのか、その相手は蛾尾先生も含めた部活関係者全員なのか、それとも一部なのか、見当つかないです」

「それでは『サルダナパールの死』に集中しましょうか。このドラクロワの代表作は、どんな作品だと思う？」

さらに警戒する。師匠相手に、自分の感性をさらけだすのは危険かもしれない。

「『むせかえるようなセックス&バイオレンスに、冷や水をかけて不気味に仕上げてるって感じ』というのが水間先輩の評価でした」

「私、水間さんとは友達になれそう」

師匠がくすくすと笑った。取材攻めにされても笑っていられるかどうか。

「名作と称される芸術作品には共通点があるわ。わかりやすく大衆に訴える要素と、深読みを好むマニアの琴線をくすぐる要素を併せ持っているものなのよ。後者に関しては感じ方は人それぞれだから、ここでは前者、水間さんの言うセックス＆バイオレンス部分に着目しましょう。高見さんは、性と暴力が乱舞するようなこの絵画を、どうして裏返しにしたかったのか、それは誰に対しての配慮なのか」

亡霊の目が悪戯っ子のように輝いた。

「実例を挙げて考えてみましょうか。例えば翔さんが近隣のレンタルビデオショップの常連だったとします。カードを申請する際に年齢を詐称して、アダルトビデオを、しかもハードコア系のどぎついやつを週に何本も愉《たの》しむヘビーユーザーだったとする」

「私、ＡＶなんて借りたことありませんけど！」

「ああ、最近は配信が主流らしいものね」

師匠は鼻で笑いながら、

「ある日、ポイントが一定量をオーバーしたために、店員さんが特典をおまけしてくれた。それは男優さんと女優さんがはしたなく絡み合う大判ポスターだった」

「何の話してるんですかね？」

「そのポスターを、あなたは寮へ持ち帰る。壁に貼り付けるかしら。そのまましまっておくかしら」

「まじめに答えなくちゃいけませんか」

「これは仮定の話だから、真剣に考えて。翔さん、あなたはハードコア系ポルノビデオのヘビーユーザーなのよ。あなた個人としては、壁に貼り付けて年中愛《め》で続けたいくらい素晴らしく淫猥《いんわい》なポスターだったとしても、寮は二人住まいだから、ルームメイトにも気を遣うべきよね。どういうケースなら、貼り付けていいと思う？」

「それはまあ、ルームメイトが理解のある人だったらＯＫかと」

「逆は？　ルームメイトがどういう人間だったらしまっておく？」

「当然、エッチ系が苦手な人なら貼っておくのはかわいそうかと」

「おそらく、高見さんも同じ判断をしたのでしょうね。暴力を伴った性的なコンテンツに抵抗を感じる部員に対して、『サルダナパールの死』は好ましい絵画ではないだろうと配慮した」

「エロビデオのポスターと、ドラクロワが同列ですか？」

ちょっと同意できない意見だったけれど、師匠は首肯した。

「今でこそルーヴルに作品が常設展示されているドラクロワも、代表作を発表した当初は、『絵画の虐殺』なんて言葉で暴力表現が度を超していると批判されていた。現在の倫理観に照らし合わせた場合、裸体がたくさん描かれている程度では猥褻《わいせつ》と見なされないかもしれないけれど、優れた芸術作品は、控えめな表現の裏側から過剰なものを漂わせることもある。感受性の強い少年少女なら、その香りに苦痛を覚えるかも。実際、あなたも水間さんも、その模写から感銘を受けたのでしょう？」

「ようするに師匠が言いたいのは、美術部に性犯罪の被害者か、それに近いトラウマを持っている人がいるって話ですか？」

私の問いに、亡霊は両手の親・人差し指で△を作った。

「少し違う。正確には、被害者か、それに近いトラウマを持っている人だと高見さんが勘違いした」

わかりかけてきたように思われた事件の構図が、再びあやふやになった。

「師匠はそこまで読み取れたんですか。私の説明だけで」

「事件当日の美術部で、部員たちの間にどういうやりとりがあったか、正確に教えてくれたでしょう？　十六時四十五分のやりとりを思い出して」

私はスマホに保存していたテキストファイルを開いた。会話の時系列をまとめてある。

「おやつの時間ですね。ドラマをきっかけに、稲走さんが、この前の盗難事件の話題を出して、小花さんが被害者だったと知らなかったものだから、気まずい空気になった……配慮がないと賀路さんが稲走さんを責めた結果、言い争いになったって話でしたけど」

「あなたは、稲走さんの発言について、詳細に教えてくれた。稲走さんは、盗難事件に関して、『盗難』という表現は使わなかったはず。正確に思い出せる？」

その点も、しっかり控えてあった。会話に関する証言は、時が経つにつれ、言った言わないの水掛け論になりかねないと水間先輩がアドバイスしてくれたからだ。

「『知ってる？　一年の子が、エッチな写真を撮られて脅迫されたんだって！　いやあ、ポルノハブみたいなこと、実際にあるんだねえ』。これが稲走さんの発言です」

「この発言は極めて大事。なぜなら、盗難事件に関する情報が、稲走さんに、ひいては美術部に入ってくるまでに歪曲《わいきょく》されているから」

言われてみると、確かにこの話は正確ではない。一年の子、つまり小花さんは、「エッチな写真を撮られて」脅迫されたわけではないからだ。「(自撮りした)エッチな写真を盗まれて脅迫された」が正しい。ただの下着姿をエッチと呼ぶべきかは意見が分かれるにしてもだ。

「この間違った情報が稲走さんに届いていたのであれば、同じ部活の高見さんにも伝わっていた可能性は高い。被害者が小花さんであることもわかっていたなら、高見さんは、小花さんを性犯罪の被害者であるように思い込んだ可能性がある」

なるほど。「エッチな写真を撮られて」だと、そういう解釈をしても不思議じゃない。

「だから高見さんは、性と暴力がキャンバスに充満しているような『サルダナパールの死』を小花さんが目にした場合、トラウマを発症したり、そうならなくても不快な思いをするのではと気にかかった。美術準備室で作業している自分は、部屋に入ってくる相手に背を向ける位置にいるために、小花さんが入ってきても対応が遅れるかもしれない。そこで、手を入れている最中の絵はどうしようもないとしても、一段落した二枚に関しては、あらかじめイーゼルごと裏返しにしておいた」

「つまり、小花さんが犯人なんですか」

そこそこ衝撃的な結論だった。この前の盗難事件で彼女を窮地から救い出したことは、他人に推理を委ねた結果とはいえ、私の誇りになっていたからだ。その小花さんが犯罪に手を染めたなんて。

「違うわよ」

亡霊の声のトーンが下がる。

「結論に飛びつくのが早い。高見さんが小花さんに配慮した結果、イーゼルを半回転させたという推論が成り立ったというだけで、小花さんの有罪には結びついていない」

まだ、途中なのか……

「すみません、あと何時間くらいかかりそうですか？　あまり遅くなると寮に帰ったとき叱《しか》られちゃうんです」

門限を気にするような繊細さがあったのね、と亡霊は口の端を歪めた後で、

「安心して、残りもうちょっとだから。組み上げた推測は、それまでに判明している事実と照らし合わせることで真実への足がかりとなる場合もある。ついさっき、私が最後に確認してもらった事柄を覚えている？」

「さすがに忘れてませんってば。美術室のイーゼルに飾ってあったサルダナパール三枚と、被害者のスマホでしょう？」

あの三枚に、最近変化はなかったかを訊いたところ、蛾尾先生からは、何もなかったと返事があった。スマホは、美術室に鞄と一緒に保管されていた。

おや？

矛盾に気づく。

「おかしいな。高見さんは、小花さんに配慮してサルダナパールを裏向きに変えたはずですよね。どうして美術室の三枚はそのままなんだろう」

むしろ小花さんたちは普段、美術室で作業しているのだから、準備室にある方より、先に対処しなければならなかったはずだ。

「その矛盾に関しては、おととい十五時二十二分の時点で小花さんの噂を知らなかった、と解釈すれば筋は通る」

師匠は言い切った。十五時二十二分に高見さんは準備室から美術室経由でトイレへ向かい、五分後に準備室へ戻った。これ以降、彼女は準備室を出ていない。この時点で噂を耳にしていなかったとすれば、美術室の三枚に手を触れなかった理由は説明できるけれど、別の疑問が付いてくる。

「だとしたら、噂を聞く機会がないじゃないですか。スマホは美術室で、準備室のパソコンはネットにつながってなかったから、学園の裏サイトみたいなものも利用できなかったでしょうし」

「だから十六時四十五分が、唯一の機会ということになるわけよ」

亡霊の発言に、私は再び、この時間帯のやりとりを思い出す。

稲走さんは言った。

『知ってる？　一年の子が、エッチな写真を撮られて脅迫されたんだって！』

その後の会話で、小花さんは自分が事件の被害者だったと表明した。

「蛾尾先生が教えてくれました。美術室と美術準備室は音漏れがするせいで、大声だと筒抜けになっちゃうって」

大声だと筒抜けになるという説明は、普通や小声なら聴き取りづらいという意味だ。小花さんの説明は、不充分な情報しか準備室へ伝わっていなかったとも考えられる。その場合、高見さんはこのときのやりとりを聞いて勘違いしたかもしれないのだ。小花さんが、性犯罪の被害者だったと。

そして彼女に対する配慮として、準備室にあった三枚のうち、二枚を裏返した。美術室の三枚がそのままになっていたのは、おそらく、後で動かすつもりだったから。とりあえず高見さんとしては、目の前の作品を仕上げることに集中したかったのだろう。そこで手が触れる位置にあった二枚だけを裏返しておいた。

だとすれば、十六時四十五分の時点で、高見さんは健在だった。

そして十六時四十五分以降、下校時刻までに準備室を訪れた人間は一人しかいない。

犯人は賀路さんだ。

「重箱の隅を突《つつ》いておきましょう。回転していたサルダナパールにこのような意味があると決定した上で、賀路さん以外の誰かが犯人である可能性はあり得るのか？　例えば最初に準備室に出入りした稲走さんが犯人で、賀路さんに罪をなすりつけるため、偽の証拠としてイーゼルを回転させたのでは？　――あり得ない。イーゼルの回転は、『十六時四十五分の会話を聞いた高見さんが、小花さんを気遣った』事実を示しているのだから、それ以前にこんな証拠を捏造《ねつぞう》する意味がない。小花さん・稲走さん・賀路さんのいさかいはどう考えても偶発的なものだから、誰にも操作はできないはず。やはり賀路さんが犯人という結論になる」

語り終えた師匠は咳を繰り返していた。亡霊なのに……これもポーズかな？

雷辺ウィークリー　二〇二四年　九月六日号（号外）

・美術準備室の傷害事件解決

九月三日夕方、美術準備室において、美術部三年生、Tさんが後頭部を殴打され意識を失った事件に関して進展があった。

五日の午後十一時頃、美術部顧問が美術部二年生、Kを問い詰めたところ、Kは自身がTさんを襲撃したことを認めたため、警察に出頭させた。なおKを自白させるにあたっては、二年二組の時夜翔さんの推理が多大な貢献を果たしている。

「あれほど画力に恵まれているのに、オリジナルを描こうとしないTさんが歯がゆかったんです」

Tさんを襲撃した動機に関して、Kはその胸の内を語っている。

「Tさんが自分自身の胸の内に向き合って筆を執ろうとしないのは、彼女が人生経験に乏しいからだと考えました。表現したいような経験を積んでいないから、空っぽな複製画しか描こうとしないのだろうって思い至ったんです。だから私、Tさんにとびきり新鮮で、トラウマになるような経験を提供してあげたんです」

Kは、Tさんを驚かせ、軽度の傷を負わせることは企図していたものの、入院を要するほどの重傷を与えるつもりはなかったとも語った。

なお昏睡状態が続いていたTさんは、本日未明に意識を取り戻した。現在も治療中だが、後遺症は残っておらず、会話も可能とのこと。警察の聴取に対し、後頭部に衝撃を受けて意識を失う直前、近くにいたのはKだったと証言している。これはKの自白と時夜さんの推理を裏付けるものであり、時夜さんの推理力が、警察の捜査能力を上回っていることを証明している。


（文責：水間静香）


「回収しろってさ」

掲示板を眺めながら、水間先輩は唇《くちびる》を尖《とが》らせる。

「いつもと違って、嘘は何一つ書いてないのに……」

「いや普段から嘘は控えてくださいよ」

つっこみながら、ありのままを報道するのも時には問題になるんだろうなと私は学園上層部の判断を慮《おもんぱか》っていた。私個人としては、褒めてもらえるのは悪い気持ちじゃないけれど。

掲示板に画鋲《がびょう》で張り付けてあった号外をはがした後で、先輩は同サイズの印刷物を両手で広げた。

「号外その2。これならセーフかな？」

覗き込んでから、私はかぶりを振った。

「アウトじゃないですかね」

雷辺ウィークリー　二〇二四年　九月六日号　（号外2）

・Mの再来？

今年に入ってから学園内で奇怪な事件が続発している。

一件は、五月に発生した盗難・脅迫騒ぎ。もう一件は、先日学園を騒がせたばかりの美術部員傷害事件だ。

一件目に関しては、デリケートな事情が関わってくるために、詳細は伏せることとなり、当新聞でも報道は控えていたが、事件の舞台は大浴場だった。

そして二件目の傷害事件は、周知の通り美術準備室で発生している。

当学園の歴史に詳しい読者なら、これらのロケーションに思い当たる節があるだろう。一九九三年から一九九五年にかけて、当学園内では大小様々な事件が頻発している。その中でも衆目を集めたのが、一九九三年六月の大浴場昏倒事件、一九九四年一月の美術室殺人事件、同年十二月のグラウンド雪密室殺人事件だ。

このうちの二件が、今回の二件と類似している。

事件現場や内容には差異があるものの、名探偵・時夜遊伝説に詳しい読者であれば、両者を結びつけて考えるのも無理はないだろう。

三十年前、学園内で頻発した事件の裏側には、怪人・Mが存在していた。

Mは学園内の人間関係を完全に把握し、その情報を利用して人心を思うがままに操り、自らの手を染めることなく、学園を犯罪の実験場・犯罪のフラスコのように扱い、弄んでいたのだ。

ならば今回の騒動にも、黒幕が存在するのだろうか。

人心の掌握に長じていたMであれば、彼女に心酔する後継者が存在したとしても不思議ではない。

だとすれば、第三の事件は発生するのか。その背後で糸を引くのは、Mの名を継ぐ大犯罪者なのか。

名探偵の後継者・時夜翔の活躍に、期待が深まるばかりだ。

（文責：水間静香）

第三章　無意味な足跡

観客の記録③

間違いない。

時夜翔は、あの滝に時夜遊の幽霊が現れると知っている。おそらく私と同様、偶然彼女の大叔母の遺骨に触れ、視覚と聴覚で彼女をとらえることが可能になったのだろう。

それだけではない。時夜翔は、すでに二件の犯罪に関わり、警察に先んじて事件を解明しているが、その都度、滝を訪れている。

おそらく謎を解くために、大叔母・時夜遊の助言をあてにしているのだ。

美しくない。

そんな言葉と共に、怒りが湧《わ》き上がる。

名探偵の才能を受け継いでいないばかりか、自らの無能を省みることもなく、亡霊の知恵を借りて智者《ちしゃ》を装っているなんて、恥知らずにもほどがある！　手助けしているらしい遊にも腹が立った。

名探偵の伝説を目の当たりにしたあの日々は、私にとってかけがえのない宝物だ。その栄光を、粗悪品の二代目などに汚されてなるものか。

だが、どうすればいい？　時夜翔を失墜させるだけなら、たやすいことだ。時夜遊の遺骨の存在と、遺骨に触れることで亡霊を認識できる事実を触れ回ればいい。だがその選択肢は、なるべく採りたくなかった。時夜翔はどうでもいいとしても、時夜遊の伝説にまでケチを付ける結果になるからだ。

思案を巡らせる。

不出来な二作目を取り繕うためには、やはり、あの方法しかなさそうだ。


クリスマスや大掃除で騒がしかった学園寮も、十二月三十一日になると静まり返っていた。

大半の寮生が帰省したからだ。家計に配慮してこの学園で生活している身の上である私の場合、いくら実家から帰ってきてもいいと言われても腰が重かった。約二週間分の食費だってばかにならないだろう。雷辺に留まっていたらタダなのだから、ホームシックでもない限り、残っている方が得だった。

そんなわけで、年末年始も私は雷辺にいた。ありがたいことに寮では、元日も食事を振る舞ってくれる。シンプルなお雑煮とおせち料理のセットが美味《おい》しかった。

「あーめんどくせ。うざっ、キモっ」

一月四日。昨年二十八日から帰省していた水間先輩が寮に帰ってきた。あからさまに機嫌が悪いのは、本日から六日まで、新聞部の合宿があるからだ。雷辺だけでなく複数の高校から新聞部の幹部が集まる合宿で、教員が参加するのではなく、現役の新聞記者が記事の書き方や注意点についてレクチャーしてくれるという。十数年前から続いている伝統行事という話だった。

「本当なら、三年生は受験シーズンだし免除なんだけどさー」

ザックの紐《ひも》を、絞殺みたいにぎりぎりと締め上げながら愚痴《ぐち》っている。

「私、第一志望に推薦が決まっちゃったもんだから、断れなかったんだよね」

「話を聞く限り、そんなに悪い集まりとは思いませんけど」

新聞部員ならジャーナリスト志望も多いだろうし、職場体験みたいにノウハウを教えてもらえるのはむしろありがたいのではと考えたのだけれど、

「そりゃね！　本当に、きちんとレクチャーしてもらえるならうれしいよ？」

ぎりぎりぎり。

「めっちゃ詰められれんの。参加者一人一人、前の年に書いた記事を全部持参する決まりになってるんだけどさ、えらい人が一つ一つ読み下して、文句をつけてくるわけよ！私の記事もさ、誇張が多いとか、嘘が混じってるとか」

「それはまっとうな指摘では？」

「まあ私は置くとして、私から観てもきちんとした記事を仕上げてくる他校のエースなんかもさあ、文章がきれいすぎて心がこもってないとか、頭だけ使って書いているとか、さんざんいびられて絞られて、去年なんか、泣きだしちゃった子もいたくらい」

思ったより体育会系なんだな、新聞部って……

「そんなにいやなら、サボっちゃえばいいでしょう。先輩ならそれくらい平気だと思ってましたけど」

「私もそうしたいけどさ……ムカつくおっさんが、けっこうコネ持ってるのも確かなんだよね。やっぱ将来を考えるとさあ」

ぎりぎりぎりぎり。

「記事にしたらどうです？　合宿の光景をまっとうに取材して、各校の新聞に載せるんです。誇張のない記事ならえらい人も文句言えないでしょうし、少しはパワハラを改めるかも」

「おー、その手があったかあ」

新聞部部長の顔は、一気に晴れやかになった。

「よしよし、報道の自由をふんだんに行使してやろう。あることないこと飾り立てて、合宿は最悪のパワハラ会場だって触れ回っちゃえ！」

「いや、誇張のない記事ですってば」

一月五日。私は一人、部屋で紅茶を淹《い》れ、バウムクーヘンをかじりながら文庫本を読んでいた。文庫本は、半年前に読み終えているコクトーの『恐るべき子供たち』。実用書ではない書籍を再読するとき、余裕のある暮らしをしているなとしみじみ思う。ああ、なんて贅沢な時間。

ささやかな愉しみは、寮長からの、来客があるという呼び出しで中断された。訪問者は、県警の捜査一課に勤めている錠《じょう》伯父さんだという。

怒られる。

来客用の応接室へ向かいながら、私は来るべき時が来たと覚悟していた。普通に考えて、まっとうに働いている警察官が、素人探偵なんてものを快《こころよ》く思うはずがない。三十年前はそうじゃなかったとしても、時代が違うのだ。

九月の時点では何も言われなかったから、お咎《とが》めなしかと思っていたけれど、そう甘くはなかったようだ。学園内で私の虚名が高まった後、他校や警察に噂が伝わるまでにタイムラグがあったのかもしれない。

これはゲームじゃないんだからな。素人が余計な首をつっこむな。名探偵なんて呼ばれていい気になっていたら、将来、ろくなことにならないぞ——そんなお小言を覚悟していたのだけれど、

「久しぶり、翔ちゃん、大きくなったなあ」

びっくりするくらい和やかな応対だった。

私から見て母の兄にあたる錠伯父さんは、県警の捜査一課主任で、確か今年で五十八になるはずだ。四十から五十代くらいで頭が寂《さび》しくなり、お腹《なか》が出てくるケースが多い親戚の男性陣の中で、このおじさんはすらりと筋肉質、かつフサフサを保《たも》っていた。激務が活力を生むのだろうか。

「この前の傷害事件、警察より早く犯人を見つけ出したって話じゃないか。伯父さんは担当じゃなかったから後で聞いたけどさ、事件現場を観察しただけで解決するなんて、本当に鼻が高いよ」

ちょっと引くくらい、想像とは正反対の態度だ。

「ひょっとして、伯父さん」

ふと、私はこのちぐはぐさの理由を悟る。

「時夜遊のファンだったりしましたか？」

「ファンっていうより憧れだったよ！」

伯父さんは、応接室の外まで響くような大声を出した。

「遊さんはねえ、この雷辺で起きた事件だけじゃなく、県内の犯罪にまで観察眼を注いで、有益なアドバイスをいつもくれたんだ。当時の伯父さんは、まだまだ経験の浅い若造で、遊さんの関わった事件にはほとんどノータッチだったけど、それでも課内は評判でもちきりだったよ。雷辺に、とんでもなく聡《さと》い女の子がいるってさ」

この期《ご》に及んで、私は時夜遊という存在の影響力を思い知った。雷辺の敷地内ばかりじゃなく、シャバで発生した事件にまで首をつっこんでいたなんて。しかもその行動を煙たがられるわけでもなく、歓迎され、三十年を経ても賞賛されているなんて。

同時に、おそろしくなった。私はそんな名探偵の、二代目だと見なされているわけだ。

そして伯父さんがわざわざやってきた目的についても想像がついた。

「はいこれ、翔ちゃんに伯父さんからプレゼント」

持参していた鞄から、伯父さんはいくつもの包み紙を引っ張り出した。私がリアクションする前に中身を露わにする。ジェラートピケのハンカチ。ブルガリの香水に大手デパートの商品券。なんというか、おじさんが想像しがちな「女子高生の大好物詰め合わせセット」という感じのラインナップだ。

「実はね翔ちゃん、頼み事があるんだよ」

伯父さんはさわやかに切り出した。

「伯父さん、実は難事件を抱えていてさあ。翔ちゃんに助けてもらえたらなあって」

「昨夜夜半から本日未明にかけて、県北の黒鏡《くろかがみ》別荘地で殺人事件と思われる事例が発生した。被害者、安胴才三《あんどうさいぞう》は、別荘地で開催されていた合宿の主催者で、五十三歳。主に県内で購読されている『南雷辺新報』のオーナー兼編集長を務めていた」

合宿？　被害者のプロフィールについても気になったけれど、

「伯父さん、失礼ですけど、恥ずかしいと思いませんか」

警察の捜査になんて関わりたくない。失敗したときのダメージが大きすぎるからだ。少々きつい言い方になっても、断る他になかった。

「何十年も犯罪捜査に取り組んできたベテラン捜査官が、いくら学園でもてはやされているとはいえただの女子高生に助けを求めるなんて、プライドがないんですか」

「プライド、プライドってなんだろうね」

しかし返ってきたのは、どこかで聞いたようなロジックだった。

「警察官にとって、刑事にとって最も必要なことは、犯罪に脅かされている市民の安寧《あんねい》を取り戻すことだ。それは多くの場合、犯人が明らかにならないと、実現できないものだ……重要なのは、謎の解明そのものじゃないんだよ。自分たちでどうにもならなかったら、外部の人材の手も借りて、なんとしてでも真実を明らかにし、犯人を逮捕する。それこそが立場や面子《メンツ》を超越した、公僕のプライドってものだろう？」

くうっ。反論できない。

「とりあえず、話を聞くだけでもいいですか」

あっさり折れてしまったのは、事件の概要に興味があったからだ。

「さっき、別荘地とか合宿とか言ってましたけど、ひょっとして新聞部の合同合宿ですか。同室の先輩が参加してるんですけど」

「水間静香さんだろ？　彼女も、この事件に巻き込まれてしまってね」

「えっ水間先輩が殺されたんですか」

私は寮の二人部屋を思い浮かべる。

「じゃあしばらくの間、部屋を独《ひと》り占《じ》めできる」

「仲悪いの？」

伯父さんは苦笑しながら、

「水間静香さんはぴんぴんしているし、容疑者でもないから、諦めてね。事情を聞くために、近くの警察署で待機してもらってる」

「この段階で、容疑者じゃないことが確実って、珍しくないですか」

「完璧なアリバイがあるんだよ。その点も含めて、説明させてくれ」

伯父さんは鞄からタブレットを取り出し、ＰＤＦファイルの地図を表示させた。

「これが事件発生現場の簡略図。新聞部の合宿は、被害者が所有する別荘地の敷地内で開催されていた。右手にあるのが母屋、上がゲストハウス。下にあるのが倉庫を合宿用に改造したというプレハブ棟だ。三棟とも、平屋建て。敷地全体は上から見ると正方形に近い形状のコンクリート壁で囲まれていて、正方形の右辺に門がある」

地図に示された建物は、右辺の中ほどに開きがある正方形の中に、カタカナの「コ」の字を配置したような位置関係になっている。簡略図を信じる限り、三棟はほとんどくっついているような配置になっているらしい。画面左上に、上方が北であることを示すマークも載っている。

「この、灰色の部分はなんですか」

私はそれぞれの建物の各辺の周囲だけ色分けされている部分を指さした。

「これは勾配がある部分だね。省略しているけど、屋根にはアンテナもあるし、勾配の部分には、雨水を流す樋《とい》も設置されている」

伯父さんはゲストハウスの下方を指さした。そこに×マークがあり、母屋から足跡マークが延びていた。足跡は×の周囲で乱雑にブレている。

「この×が、殺された安胴って人ですか」

私の問いに伯父さんは無言で頷いて、

「関係者を簡単に説明しておこう。この合宿は、ここ十年くらい、この別荘地で行われていた。今年の参加者は、学生側が的場川《まとばがわ》女子高校、雪鞍《ゆきくら》女子高校、そして雷辺女学園の部長・副部長や幹部を合わせて九名。社会人サイドが、南雷辺新報の編集長である安胴才三と、副編集長の母茂雪菜《ははもゆきな》、記者の刀場晴一《かたなばはるかず》の三名。この三名のうち母茂が雪鞍の卒業生で、新聞部のOGだった。そして彼女の同級生が、安胴の奥さんなんだ。部下と妻から、新聞社の仕事を見学させてあげてほしいって頼まれた際、それなら集中的にノウハウを教えてあげようって安胴が言い出して、この合宿が始まったらしい」

「でも参加者からは、パワハラみたいって不評だったんですよね」

「水間さんから聞いたかな？」

伯父さんは歯を剝き出しにする。歳《とし》の割に、白く硬そうな歯だ。

「いくらなんでも厳しすぎるとか、もう少し手を緩めてもいいんじゃないかって意見は、母茂、刀場の双方から出ていたらしいけど、安胴って人は独裁者的な気質を持っていたらしく、聞き入れるつもりはなかった様子だね。とにかくそのメンバーが合宿を取り仕切っていた」

タブレットを抱えたまま、伯父さんは話を続ける。

「今回参加した学生は計九名で、例年通り、下のプレハブ棟で寝泊まりすることになっていた。内訳は、的場川が三名、雪鞍が四名、雷辺が二名という構成だ」

タブレットの表示を切り替え、主催者も含めた参加者リストを見せてくれる。水間先輩以外、知らない名前だったから、現時点で聞きたい事柄はなかった。

「合宿の始めから説明しておこうか。学生たちは、昨日、四日の十三時に別荘地へやってきた。主催者側の三名は、前日から休暇を取って寝泊まりしていたみたいだね。母屋を安胴と刀場、ゲストハウスを母茂が使用していた」

私は参加者リストを眺める。名前から判断する限り、主催者の中で、女性は母茂という人だけ。そのため別々の寝所を選んだのだろう。

「昼食は、各自集合前に摂《と》ることになっていたから、学生たちが到着してすぐにプレハブ棟で勉強会が始まった。十五時の休憩十分を挟んで、十八時に終了。学生たちは別荘地近くのコンビニで夕食を調達、主催者たちはゲストハウスで夕食を摂った」

ぶつくさこぼす水間先輩を思い出す。勉強会の実態が、先輩の愚痴通りだったとしたら、休憩が入るとはいえ、約五時間のパワハラはかなりきつそうだ。

「その後は自由時間。とはいえプレハブの中には娯楽設備もなく、することもないから生徒たちはさっさと床に潜り込んだらしい。朝六時頃、起床した母茂が寝室のカーテンを開けると、はめ殺しの窓の外に上司が倒れていた。腹部が血まみれで、すでに青白い顔をしていたらしい。しばらくパニックに陥っていた母茂だったが、気を取り直して刀場に相談した上で県警に通報。検死の結果、死後五〜六時間、死因は遺体の近くに落ちていたサバイバルナイフで刺されたことによる失血と診断された。ちなみにこのナイフは、安胴の私物であると判明している。指紋は、被害者のもの以外検出されなかった」

再び表示が切り替わり、タブレットは最初の簡略図を映し出す。

「『コ』の字の内側の部分は、枯山水《かれさんすい》を模《も》して、白い玉砂利を敷き詰め、所々に島の役割として岩石を配置してある。母屋から被害者の足元付近にかけて、この玉砂利に足跡がついていた。大粒の玉砂利だから、確実に被害者の履いていた靴によるものとは判定しきれないところはあるんだが――状況から見て、被害者は玉砂利の上を歩き、ゲストハウスの前で力尽きたと解釈するべきだろう。ところがそう考えた場合、いくつかの矛盾点に悩まされる結果となった。そこで翔ちゃん、君の意見を仰ぎたいというわけ」

一息ついた後、伯父さんは「どうだい？」と訊いてくる。

「いや、この段階で答えを求められても」

正直なところ、まだ頭の中で情報の整理が終わっていない。ピースさえ揃ったら即座に正答をくれる亡霊の明晰《めいせき》さを、私は改めて思い知らされた。

落ち着こう。まだ結論を出す段階じゃない。

被害者はゲストハウスの前に倒れていた。足跡らしきものが母屋から延びていた。するとまず最初に決めておくべき事柄は、被害者がどの地点で襲われたかだ。


「庭に、出血の跡は残っていたんですか」

腹部は血まみれだったと教わったけれど、玉砂利がどの程度まで汚れていたか確認していない。血痕の落ち方によって、刺されたポイントを判定できるのではと期待したのだ。

「血痕の大半は、ゲストハウス南側、母茂の寝室の窓下に溜まっていた」

それって、決定的な証拠じゃない？

「被害者の足跡が母屋から延びていたわけですから、足跡から見上げる辺りに窓か出口があって、それは開いていたんですよね」

「クレセント錠の窓がある。開け放たれていた」

私はそれらしい仮説を探す。これまでに経験した二つの事件で、デリケートな事情に触れた記憶が助けになってくれた。

「刀場さんって人も母屋に泊まってましたよね。寝室は被害者と同じ部屋ですか」

「別の部屋だった。被害者の寝室の北隣に、同じ構造の寝室が用意されている」

同室でなかったなら、被害者は無茶もできる。

「あれです。被害者はゲストハウスにいた母茂さんに片思いしていたんです。それで、こっそり部屋を抜けだして、母茂さんに、ええと、悪いことをしようとした。それを母茂さんが察知して……寝室で待ち構えて、ナイフでぐさりと」

「ゲストハウスの寝室の窓は全部、はめ殺しなんだよ。風通しについては、換気扇で対応している」

目の前でシャッターを閉ざされた気分だった。

「ちなみにゲストハウスの玄関は、寝室の反対側だ。玄関へ回り込む場合、西側の玉砂利を踏まなくてはならないはずだけれど、この周辺に足跡は残されていない」

「先に教えてくださいよ……」

悪い悪い、と言った伯父さんの気楽な顔が癪だったので、私は頭脳をフル回転させる。別解を思いついた。

「被害者が母茂さんに悪さを企《たくら》んでいたのは前提として、本来は庭からじゃなく、別ルートから侵入するつもりだったんです……例えば玄関とか。被害者はこの別荘のオーナーですから、玄関のキーくらいどうにでもなるはずですからね。それを刀場さんが察知して……そうだ、刀場さんも母茂さんを好きだったんですよ。それで怒っちゃって被害者を」

「ドロドロしてきたねえ」

伯父さんは私からそんな発想が出てきたことを愉快がっている様子だ。

ここで私は、凶器のサバイバルナイフが被害者の私物だった話を思い出した。

「刀場さんの剣幕に身の危険を感じた被害者は、ナイフを持ち出したけれど奪い取られてしまったため、咄嗟《とっさ》に窓から脱出を試みた。でも窓から出た瞬間、ぐさりとやられてしまう。体にナイフを突き立てられた状態のまま、死を悟った被害者は、せめて母茂さんの近くで死にたいと考え、ゲストハウスまで歩いていって、そこで自らナイフを抜き取り、息絶えた。これ、どうですか」

「問題が一つある。その場合、被害者が靴を履いていたのはおかしい。母屋は一般的な日本の住宅だから」

ああ……頭が混乱してきた。

私が想定したようにゲストハウスの玄関から侵入する場合、わざわざ寝室の窓から出ていく意味がない。玄関側から、靴を履いて出ればいいはずだ。被害者と刀場さんの寝室は隣り合っているのだから、窓から出るのと、玄関から出ていく場合とで気づかれやすさに大差はないように思われる。それなら気取られても不審に思われない、玄関ルートを選ぶだろう。

寝室の窓を使わないのなら、靴は玄関で履くはずだ。仮に、刀場さんが大変鋭敏な洞察力の持ち主で、被害者が寝室で準備をしている時点で意図を察したとしても、彼に刺されたとき、被害者が靴を履いているのはおかしい。

いや、玄関から出ていく寸前で刀場さんと言い争いになり、靴を履いたまま寝室へ逃げ込んだとか？

それも苦しい。どう考えても玄関から逃走する方が安全だ。

私はさらなる別解を捻《ひね》り出《だ》した。

「刀場さんに刺されるまではさっきの説と同じ。それから被害者は、靴を履かないまま中庭へ向かい、ゲストハウスの窓下でナイフを抜いて息絶えた。この時点で、刀場さんは偽装工作を思いついたんですよ。玄関から被害者の靴を持ち出して、それを自分で履いて窓から中庭へ、被害者の足跡を隠すように靴で踏みながらゲストハウスへ移動する。被害者の足裏に付いた汚れは拭《ぬぐ》い取っておく。裸足にせよ靴下ありにせよ、靴の足跡の方が大きいはずですから、これで被害者は靴を履いたままだったように見せかけることが可能です。それから――」

その先を何も考えていなかった。犯人は、どうやって戻ったらいい？

「ええと、ゲストハウスの壁を、なんとかよじ登って屋根に上がり、窓の近くで下に降りるとか」

自分でも適当すぎると思われる解釈だったけれど、建物はすべて平屋建てという話だったから、不可能とはいえない気がする……伯父さんの見立てはどうだ？

「確かにあのゲストハウス、壁の構造や樋を利用すれば屋根へ上がるのは難しくない。実際に、警察でも検証してる」

すごい。これが当たりじゃない？　亡霊抜きで解決できた！

「確かにつじつまは合う。合うけれど、翔ちゃん、大事なことを忘れてないかな。そこ

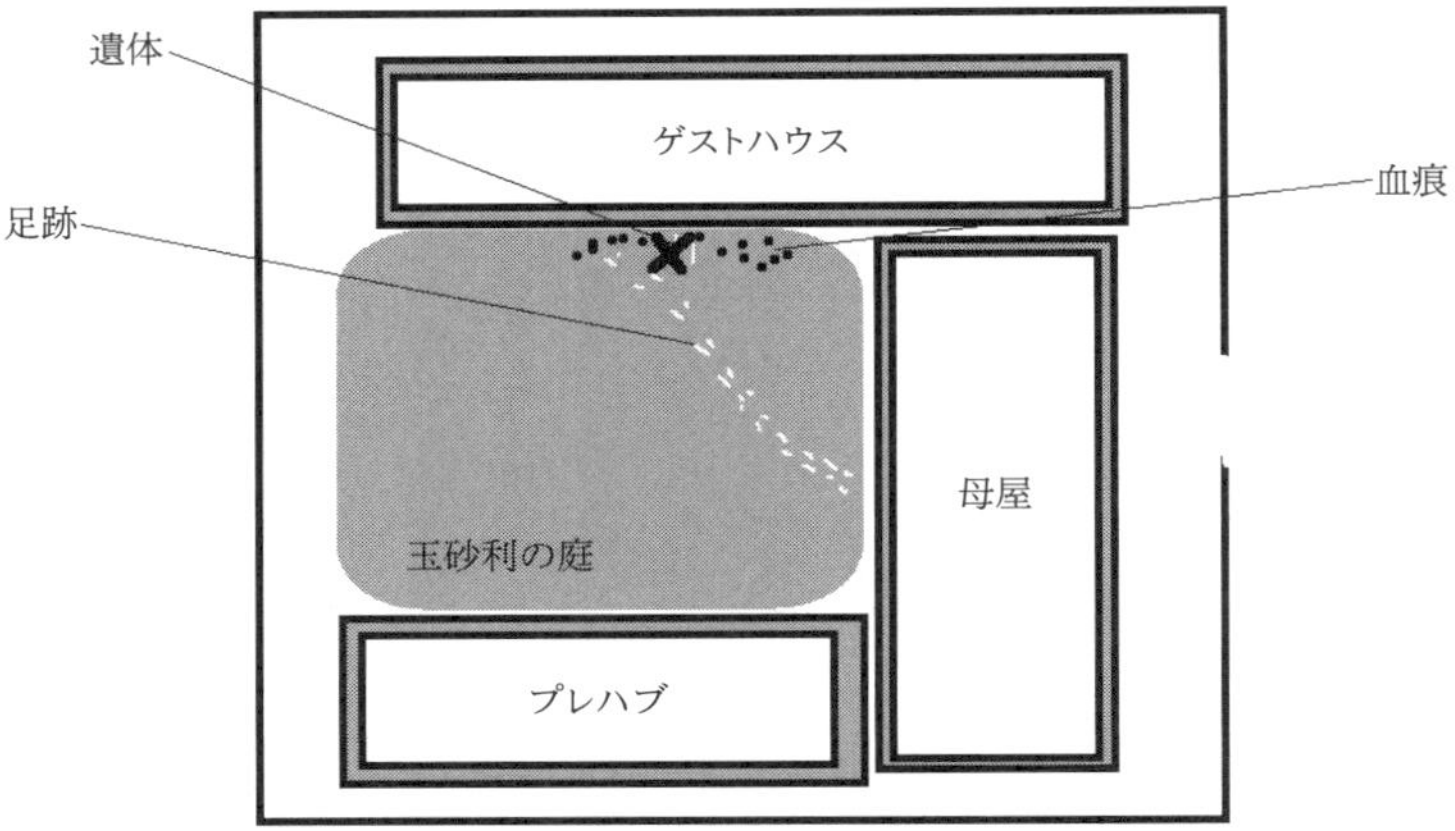

までして、刀場に何のメリットがあるんだい？」

「あっ」

ぽっかり口を開いてしまった。そうだ。被害者が最初から靴を履いていたように偽装したところで、刀場さんは得をするわけじゃない。

「すいません。今日の私、調子が悪いみたいです」

私はうなだれる。今日どころか常に調子が悪いことをごまかすために。

「まあ、気にしないで。刀場は被害者と同じ建物に寝泊まりしていたんだから、有力な容疑者候補であるのは間違いない。実際、任意で署に呼び付けて尋問中だから。ただ、靴の件がある以上、突破口に乏しくてさ」

そこまで聞いて、ようやく私は水間先輩を思い出した。

「この状態で、水間先輩に疑いがかかってないのはどうしてでしょうか」

「水間さんだけじゃないんだ。他校の生徒も全員、シロと見なされている」

「九人もいたのに、全員、夜間のアリバイがあるんですか」

「アリバイというより、出られなかったんだよ。プレハブの出入口は一ヵ所のみで、夜十時以降、鍵がかかっていたから」

「施錠されてても内側から開くじゃないですか」

「あー、不充分で申し訳ない。プレハブ棟は元々倉庫だって話は説明したよね。倉庫として使用する場合、内側からの施錠・解錠機構は必要ないでしょう？　そのままにしてあったんだよ。内側からは開かないんだ」

「プレハブの窓は？　そこから出入りはできないんですか」

「その点に関しても、倉庫だから、確認用の窓が付いているくらいで、やっぱり内側からは解錠できない」

危険じゃないだろうか？

「中で小火《ぼや》でも発生したら、大惨事になりませんか。脱出できないわけですから」

「元・倉庫だから、中に炊事場は設けられていなかった。それどころか、電気さえろくに通っていない。例外は、トイレと中央にある電灯だけ」

空調の行き届いた学園内にいるとついつい忘れてしまうけれど、今は一月だ。

「暖房も入らないわけですよね。きつくないですか」

「人数分寝袋とカイロを支給して、夜気をしのがせていたらしいよ」

……ちょっとしたホラーというか、残酷さの一部を覗き見た心地がした。

「私、合宿には詳しくないですけど、よそのご家庭のお子さんを、少なくとも二晩宿泊させるにしては、杜撰《ずさん》すぎる扱いじゃないですか？」

「その辺りは、これから問題視される可能性もあるねえ」

人ごとのように伯父さんが流しているのは、この事件の不可解さの理由がそこにはないと見ているからだろう。

「プレハブの鍵が、しっかり施錠されていたのは間違いないんですよね」

「刀場と母茂の証言がある。二十二時に被害者の手で施錠。二人も触って確認したそうだ。その鍵は、被害者がダイヤル式の手提げ金庫に入れて、寝室に保管してあった。窃盗犯を扱う部署に確認したところ、ちょっとやそっとじゃ解錠できないしっかりした金庫らしい。実際警察もお手上げで、製造メーカーの助けを借りた」

「てことは、金庫が開くまで閉じ込められてたんですか、水間先輩たち」

「さすがにかわいそうだから、工業用のカッターで扉を切断したよ。扉が二つに割れたとき、間違いなく中には九人いた。伯父さんがこの目で見たから、確実だ」

「念のために確認ですけど」

すぐには答えが出そうにないので、明日まで預からせてほしいと告げた後で、私はおそるおそる訊いた。

「この事件について、私に相談する可能性があるって、水間先輩に教えましたか？」

「もちろん。翔ちゃんにも助言を求める、きっとすぐに解決してくれるだろうって伝えといたよ」

終わった。

後日、水間先輩は確実に記事を書くだろう。警察任せにはしていられない。

しばらく現場付近にいるから、何か確認したかったらいつでも、と言い残して、伯父さんは帰っていった。

すぐさま、雷辺の滝へと急ぐ。途中の丘は、コートを着込んでも相当な寒さだった。温度変化を感じないという亡霊が羨《うらや》ましい。

「無理ね」

会ってすぐ一部始終を報告したところ、無慈悲な答えが返ってきた。

「だと思いました」

さすがに不平は言わないし茶化《ちゃか》すつもりもない。

「密室トリックとか足跡トリックとか、ああいう類いの詐術を、実体を見ずに読み解くなんて至難の業《わざ》」

ちらほら舞い始めた雪が、亡霊の面差しに透けて見える。

「あなたの伯父さんもＯＫをくれていることだし、現場を見学させてもらうのが賢明でしょう。建物の構造とか、距離感とか、目の当たりにすることで思索が開ける場合もある」

「グーグルマップでなんとかなりませんか。住所は教えてもらったので」

何それ、と師匠は首を傾《かし》げる。さすがにそこまでは把握してないか。

住所や名前を打ち込めば地図や航空写真やストリートビューが閲覧できるシステムですよ、と教え、スマホで実演してみせると、亡霊は、私の想像以上に驚愕していた。

「何これ！　犯罪に活用するためにあるようなシステムじゃない！」

それは偏見だと思う。

「グーグルアースってやつを使ったら、建物の立体化も可能ですよ」

亡霊の眼前に、件《くだん》の別荘地が拡大されている。「コ」の字の縦棒に該当する母屋が、伯父さんの簡略図に比べると太い。下の横棒にあたるプレハブ棟は、上から見ても側部の歪みが目立つ、頼りない建物だ。比較すると、ゲストハウスと母屋は堅実でお金をかけた造作に見受けられる。

「素晴らしい。なんて素晴らしい。まるで一億総犯罪者化ツール」

師匠はまだ物騒《ぶっそう》なことをほざいている。私の視線に気づいたのか、こほんと調子を整えた。

「素晴らしいけれど、やっぱり百パーセントじゃない。この別荘地へ行ってきて。それで材料が手に入る」

いつもと言い草が違うな、と不思議だった。安楽椅子探偵が真相を看破できるかどうかは情報提供者の把握力次第であり、どれだけ優れた知性の持ち主でも、場合によっては読み誤るというのが持論だったはずだ。

「ひょっとして今回、何か目星がついてるんですか」

私はメモ帳アプリを起動させた。

「だったら、ある程度何を訊いたらいいか指示してくださいよ。なるべく楽して解決したいんです」

「ちゃっかりしてるわね。あなたといい、あなたの伯父さんといい」

それは否定できない。錠伯父さんとは大して仲よしでもなかったけれど、今日ほど血のつながりを痛感した日はなかった。

「仕方がないわね、少しは手間を省いてあげる。別荘地では、近所の人たちに注意して。警察が作業しているところへ集まっている人がいたら、二、三人でいいから素姓を訊いて」

「野次馬を調べろって?」

思いもよらないオーダーだった。

「後は、三棟のうち、プレハブの内部を観察してほしい。許可が出たなら写真も撮って。建物の外観に関しては、伯父さんが教えてくれたように、中庭から屋根に登り下りが可能かチェックして」

「ええー、私に登れと?」

「その辺の刑事さんに頼んでもいい。それから、可能だったら水間さんにも連絡を取って。できれば彼女だけじゃなく、合宿に参加した他のメンバーからも証言がほしい。とくに消灯以降の出来事について、どんなつまらない話でもいいから教えてもらって」

予想以上に細々とした指示だったため、メモ帳アプリを操るのに苦心した。行ってきますときびすを返したあとで、滝の方から呆れるような声が流れてきた。

「本当に、人を使うのが上手い人たちですこと」


黒鏡別荘地は、学園からバスを乗り継いで一時間半ほどの距離。学園がかなり僻地《へきち》にある点を差し引くと、市街地からはアクセスしやすい位置にあるといえる。「黒鏡」と掲示されたバス停で降りると、山間《やまあい》の雷辺より暖かかった。制服の上に指定のコートを着込むと、少し汗ばむくらいだ。

「うわー、金持ちの街だ」

降りるなり、ついつい口から漏れてしまう。辺りを見回すと、壁が長い。刑務所が集中している立地なのかと思ったくらいだ。ただし、絶対に刑務所ではないと見て取れるのは、どの壁も新築に見えるくらい管理が行き届いているからだ。官公庁の関連施設では後回しにされるだろうと思われるポイントにまで配慮がなされている。具体的には、配水管や樋の周辺だ。どうしても湿気が充満してしまう箇所にありがちな、壁の褪色《たいしょく》やカビが見当たらない。保全・保守・改修を怠っていない証《あかし》だろう。もちろん一般のご家庭のように、お母さん、お父さんが目を配っているわけではないはずで、たぶん、そういうサービスにお金を払う余裕があるということ。

「はー、金持ちは皆不幸になれ」

廃業した探偵事務所の娘としては、呪詛《じゅそ》を吐かずにいられない。雷辺はけっこうなお嬢様学園であるはずで、この辺りに住んでいる学園生もいるかもしれないけれど、学園生活で格差を知らされる機会は少なかった。だからこそ、富裕層の余裕を目の当たりにすると性格が悪くなってしまう。

目当ての別荘はすぐに見つかった。門の周辺に人だかりができていたからだ。暖かそうなコートを着込んだ女の人が三人、バリケードテープの前に立つ制服警官に詰め寄っていた。どのコートも値が張りそうな品だ。近隣の住民だろうか？　やじうまにインタビューするように、との指示を思い出したが、ちょっと、飛び込んでいく勇気が出ない。

「容疑者は捕まってるのよね？　教えてもらわないと、おちおち外出もできないわ」

「殺されたのって安胴さんのご主人なんですか？」

「学生さんたちに怪我はなかったの？　私、母校が的場川だから心配で」

これに対する警官の返答は、「捜査中のためお答えできません」の一点張りだった。

納得のいく回答であるはずもなく、お姉さんたちは気色《けしき》ばむ。

「まあ、なんて無愛想《ぶあいそう》な」

「あなた、お名前は？」

「ワタクシ、夫の知り合いが、県警の本部長ですのよ。言いつけて叱ってもらおうかしら」

おまわりさんも大変だなあ、と同情しながら、私はインタビューを諦めて、敷地内に入るタイミングを見計らっていた。伯父さんからは、現場に来るお墨付きをもらってはいるけれど、こうも人目がある状況で私を特別扱いするのは難しいだろう。そう考えてお姉さんたちが鎮静化するのを待っていると、

「翔ちゃん、こっちこっち」

テープの横合いから現れた伯父さんが手を振った。まずくないの？

「早速来てくれてうれしいよ。気になった部分があったら、何でも訊いてほしい」

ズラしたテープの内側に誘う伯父さんと私を見比べ、お姉さんたちが目を白黒させている。この女子高生は何者だ、と言いたげだ。すると伯父さんが私の肩に両手をのせた。

「近隣の皆様にはご迷惑をおかけしておりますが、程なくしてご心配は晴れるものと思われます……こちらは今回、アドバイザーとしてお招きした時夜翔さん。あの名探偵、時夜遊さんのご親族です！」

いや伯父さんも親族でしょう、とつっこむ前に、

「まあ、遊さんの！」

「まあまあ、言われてみたら、お顔がそっくりでいらっしゃるわ！」

「まあまあまあ、ご挨拶《あいさつ》させていただいてよろしいかしら？」

お姉さんたちが色めき立った。たちまち私はコートの群れに囲まれ、握手を求められた。それから、ツーショット写真にも応じてしまう。

「あの、大叔母さんのことをご存じなんですか」

「知っているも何も、私、遊さんの上級生だったのよ」

一人のお姉さんが、懐旧するように視線をたゆたわせる。えっ、思ったよりご老人だ。二十代か、せいぜい三十代前半だと決めつけていた。時夜遊と同年代なら、四十代後半。もうアラフィフだ。金の力で手に入れた若さというやつか。エステか、美容薬品のおかげだろう。

「私は雪鞍だったけれど、お噂はかねがね伺っていたわ」

別のおばさん（お姉さんから変更）もうっとりと手を頰に当てている。話を聞く限り、名探偵・時夜遊は雷辺や警察だけに知名度が高かったわけではなく、他校の元・少女にとっても、相当なカリスマだったらしい。

捜査の進行状況や事件に関する見解を問われた私は、伯父さんにアイコンタクトで確認した上で、捜査に支障がないと思われる程度の事実を披露した。それから、言い回しに留意しながら付け加える。

「現在のところ、県警捜査一課の捜査方針と私の見立てに食い違う部分は見当たりません。乞《こ》われて口を挿《はさ》んでしまいましたが、余計なお世話だったかもしれません。私がいなくても、程なくして事件は解決の日を迎えると思われます」

警察に花を持たせる言い方になったのは、いちおう、伯父さんに気遣いしたつもりだった。ここには私服で来ようかとも迷っていたけれど、今回みたいにスポークスマンめいた役割を演じるのなら、制服でよかった。気軽に歩き回れるフォーマルウェア、制服万歳《ばんざい》。

「まあ、顔立ちだけじゃなく、知性に溢れる物言いも遊さんそっくりね！」

「まあまあ、すでに警察と信頼関係を築いていらっしゃるのね。さすがだわ」

「まあまあまあ、二代目・名探偵がそこまでおっしゃるなら、信頼させていただきましょうか」

「ありがとうございます」

私はすっかり気分がよくなっていた。お金持ちに褒められるのは気持ちいい。

「フォローしてくれて助かったよ翔ちゃん。紅茶でも飲む？」

壁の内側。持参した魔法瓶《まほうびん》の蓋《ふた》をひねる伯父さんは上機嫌だ。

「あらかじめ言ってくれるなら、何でも見ていいし、触っていいよ」

破格の厚遇だった。

オレンジペコーをすすりながら、私は門の正面にある母屋を見上げる。ゲストハウスとプレハブは、母屋の向こう側にあるため、こちらから全景は把握できない。母屋から見て右手に回りこむと、残り二棟も見えてきた。

たぶん、母屋とゲストハウスは同時期に建てられたのだろう。上品なクリームチーズのような白色の壁。窓と、おそらく装飾目的の凹《へこ》み周辺だけオレンジに塗装されている。「コ」の字の内側に敷き詰められた玉砂利の庭も、同じ色あいだった。敷き詰められている白い小石の隙間からわずかに覗く地肌がオレンジ色なのだ。こういう色合いを強調したデザインは、年数が経過すると汚れや褪色のせいで無様に見えがちだけれど、築十五年と聞かされているこの建物は、白もオレンジも、竣《しゅん》工《こう》直後のような新鮮さを失ってはいない。定期的に石を入れ替え、各所を塗り替えているのだろうか。やっぱり、お金持ちの家だ。

これらの二棟に比べると、際立ってみすぼらしく見えるのが、合宿会場のプレハブ棟だった。震災のニュースで時々見るようなプレハブが「上」だとすれば、こちらは確実に「下」。壁面が平坦《へいたん》ではなく、所々歪み、隣の屋根から近い位置に小さな裂け目さえ開いている。まるで素人が片手間で建てたような、プレハブ建築を専門にしている企業が新人の練習台に使用したような、どれだけ語彙《ごい》を尽くしても、「粗末《そまつ》」と表現するしかない出来映えだった。

この格差は、何を意味するのだろう？　その疑問より優先するべき謎がある。

事前に簡略図で教えてもらった通り、母屋からゲストハウスに向けて、足跡らしき形が点在している。らしきと言ったのは、最初に伯父さんからも教えてもらったように、玉砂利のサイズが大きいために靴底の形を反映するほどくっきりとした形は残っていないからだ。

もしかしたら、足跡は偽造されたものでは？

粘土か何かで靴の形を作って、それをつりざおなどに垂らし、ゆっくり距離を延ばしながら砂利を踏みしめていけば完成だ。それほど手間のかかる作業でもないし、夜間、各棟の窓から低い位置で作業すれば見とがめられる危険性も低い。

でも、なんのために？

足跡を眺めながら、腕組みする。足跡を偽物と仮定した場合、被害者は謎の方法を使ってゲストハウスの前まで移動してから息絶えたことになる。この場合、犯人はその方法を知られたくなかったからこそ足跡を用意したとも考えられる。謎の方法は、別にドローンで吊り下げるとか、誰もがあっと驚く手段である必要はない。

ごちそうさまでしたと魔法瓶の蓋を返却する。

「ゲストハウスまで歩いていっても大丈夫ですか」

「これとこれを使ってもらったらＯＫ。鑑識の仕事はもう終わってるけれど、念のためにね」

手渡されたのは、水回りで使用するような透明な手袋と、浴室掃除で履くみたいな底の平たいビニールの靴だった。それらを装着した後で、ヘルメットも被《かぶ》せてもらった。少なくとも私が確認したいことはわかっているらしい。

おそるおそる、玉砂利に足を踏み入れる。平底の靴には耐圧を分散させる効果が備わっているのか、足元の砂利はほとんど乱れなかった。犯人も、こういう靴を利用したのかな。いやいや違う。こんな便利アイテムを購入したら、どこかに記録が残ってしまうはず。そこまで危うい橋は渡らないだろう。

足跡に沿って、私ははめ殺し窓の下までやってきた。窓の外を前後するように足跡が散乱している。その辺りを荒らしてしまわないように注意しながら、私は窓の隣にある凹みに手をかけた。横五十センチ、縦三十センチ、奥行き十センチ程度の凹みが、地面から七十センチ程度の高さにあり、同じくらいの間隔を置いて上方に連続している。観葉植物なんかを飾っておくスペースなのだろうか。同じような凹みは、隣の母屋にも設けられているようだ。

思い切って右足を上げ、凹みに靴をかけた。スカートだけど、コートも着ているから気にしない。左足も上げる。とくに苦労もなく凹みに登ることができた。後はこの運動を二回繰り返すと、建物の屋根が見えた。

屋根に立ってもいいか伯父さんに確認してから、足を上げる。バランスに気をつけながら振り向くと、隣の母屋、そして奥にあるプレハブとの高低差が一目瞭然《いちもくりょうぜん》だった。ほとんど隙間がないくらい接した位置にある三棟の屋根は、このゲストハウスが一番低く、母屋は四十センチほど、プレハブはさらに五十センチほど高い。

「ちなみにこの別荘地に、防犯システムの類いは導入されていなかった」

地上から伯父さん。

「合宿以外、この建物はめったに使用しなかったみたいで、貴重品も保管していなかったから、被害者はそこまでする必要性を感じていなかったみたいだね」

昨晩屋根に登っても、非常ベルなんかは鳴動しなかったわけだ。

「母茂さんって、足腰に障害があったり、負傷してたりしませんか」

「いたって健康体だよ」

「体格はどんな感じです？　私に比べて痩せてますか、太ってますか」

「翔ちゃんより筋肉はついてると思うなあ」

するると、母茂さんにも同じことは可能だろう。

彼女が犯人だと仮定してみる。適当な口実を使って被害者を窓の下まで誘い、自分は屋根のこの辺りで待ち構える。そしてタイミングを見計らって被害者の胸元へナイフを投擲《とうてき》する——あるいは、被害者も屋根の上に登った、と考える方がわかりやすいかもしれない。口実をつけて二人して屋根の上に登り、隙をついて被害者を刺殺する。これくらいの高さなら、慎重に遺体を落とし、ナイフを引き抜くタイミングにも気を遣えば、壁や屋根に血痕を残さず済むだろう。これなら、現場に被害者の足跡しか残っていない問題に説明をつけることができる。

できるんだけれど……

また行き詰まってしまった。説明はつく。でも、それが何？　そんな方法で被害者を殺害したところで、母茂さんは大して得をしない。あえて挙げるなら、屋根の上が犯行現場だったと見抜かれずに済むという利点はあるけれど、手間に釣り合うくらいのアドバンテージだとは思えない。

足跡が、もう一人分用意されていたなら、まだ納得はできる。例えば今残っている足跡に追加して、被害者の寝室からもう一本足跡が延び、こちらはゲストルームの前で往復して元の寝室へ戻っていたとしたら、ひとまず母茂さんは容疑を免《まぬが》れ、警察の目は刀場さんに集中することだろう。

本当は、足跡をもう一組用意したかったとか？

それが何かのアクシデントにより不可能になったとか？

いや、それも不自然だ。母茂さんが犯人だとしたら、安胴さんを殺害した時点で警戒するべきは、刀場さん一人。学生九名は、プレハブ棟に閉じ込められている。三棟の中で最も高さがあり、照明もほとんど設置されていないプレハブに遮られて、気象状態にかかわらず、この庭は闇《やみ》に包まれていたと思われる。この状態で、刀場さんが外に出てきたとしても、彼が戻ってから作業を続ければいいだけの話だ。

考えるの、やーめた。この先は亡霊に丸投げしよう。

屋根から降りた私は、プレハブの内部を見せてもらうことにした。これも師匠から指示されていた事柄だ。

南側にあるプレハブの入口には、カッターで切り裂いたという扉が立てかけてあった。伯父に動かしてもらい、中へ入る。

自分で観察するより、リモートで師匠に見てもらった方がいいのではと考えたことがある。

例えば滝の近くにスマホを固定して、こちらのスマホで撮影した映像をリアルタイムで観てもらってはどうか。その方が手間を省けると思ったけれど、検証の結果、難しいと判明していた。師匠の声は電波に乗らないし、スマホに手を触れて指示を送信することもできないからだ。結局、動画や画像を撮って後で見てもらうのと変わらないのだった。

そんなわけで私は、逐一カメラの向きを変えながら、プレハブの隅々まで歩き回った。

野戦病院みたい。

それが建物の内部に対する正直な感想だ。

現実の野戦病院に詳しいわけじゃない。たぶん、アメリカ軍や自衛隊がそういう施設を用意する場合、きっとここよりは豪華な見た目になるだろう。つまり、過去の野戦病院。毎年八月になると放送される反戦ドラマに出てくる旧日本軍のそれみたいに、プレハブの内部は簡素で粗末だった。

床は剝き出しのコンクリート。所々ひび割れが走り、苔ともカビとも区別がつかない青緑が染《し》みている。中央にはどこかの会議室から払い下げられたような青白い天板の長机が二つ並んでいて、周囲に四本脚のパイプ丸イスが十脚。机もイスも、あちこちさび付いている。あらかじめ聞かされていた通り、室内の照明は、机の上にある電球一つだけだった。

入口から見て左の壁近くに、寝袋が九つ並べてあった。ようするに夜は、この冷たいコンクリートの上で、寝袋にくるまり、身を寄せ合って寒さをしのぐしかなかったらしい。

いくらなんでも、扱いひどくない？

学園の無償制度に頼りきりの身とはいえ、自分が贅沢になれきった日本人の一人であることくらいは知っている。それでも、新聞社のえらい人が指導してくれます、という触れ込みで開催される合宿なのだから、参加者はそれなりに期待しているだろう。ところが現実は、ここ。水間先輩がぐちぐちこぼすはずだよ。

トイレを含め、動画と写真を撮りまくる。これで観るべきものは観た。伯父さんに礼を言って敷地を後にする。事件発生の忙しい時期に、小娘が現場を引っかき回しに来たにもかかわらず、現場の刑事さんたちは丁寧な応対だった。伯父さんはともかく、一人くらいは邪険に扱ってきてもよさそうなものだ。

驚いたことに、門の前では先刻のおばさんたちが待ち構えていた。サインを乞われて、さらにびっくりする。内心、気恥ずかしさでいっぱいだったけれど、師匠からのミッションを果たすため、快く応じることにした。適当に歪めた筆記体を色紙に走らせながら、自然な流れでおばさんたちのプロフィールを教えてもらった。三人とも主婦。一人は最初に聞いた通り、旦那《だんな》さんの知り合いに県警本部長がいるらしい。もう一人のご主人は地方裁判所の裁判官、一人のお父さんは副知事だという。セレブどもめ。この人たちにとって、私はアイドルなのか、珍獣なのか。

敷地を後にして、バス停の時刻表を確認すると、次の便は二十分後だった。タクシーを呼ぼうかとも思ったけれど、たぶん、雷辺まで二千三百円はかかるだろう。女子高生にはつらい出費になる。それなら時間を有効に使うべきだと考え直し、これも指示されていた通り、水間先輩と連絡を取ることにした。

「おおー、翔ちゃん、ありがたいタイミング。天の助け」

聞き慣れた声の近くで、怒鳴り声と溜息が騒いでいる。

「なにかあったんですか」

「ちょっと、警察の人にお小言くらっちゃって。今署内で待機してるんだけど、せっかくだから取材をって、入っちゃダメなところに忍び込んだら見つかっちゃってさあ」

「なにやってるんですか」

「だって『立ち入り禁止』って立て札があっただけだから、ちょっとくらいいいかなあって」

「立ち入っちゃダメだから『立ち入り禁止』と書いてあるのでは？」

「もう、お堅いなあ翔ちゃんは。それより、何のご用ですかな」

私は伯父から今回の事件に関してアドバイスを求められていること、現場へ赴いてこれから帰途につくことを簡潔に説明した。

「それで水間先輩に、合宿で何があったかを教えてもらいたいわけです」

「うーん、そう言われてもなあ」

途端にボリュームが落ちる。

「面倒な合宿に参加して、なんとか初日を乗り切って、朝起きていつになっても扉が開かなくて、気づいたらオッサンが殺されてたとしか……大したことは教えられないよ」

耳を疑わざるを得ない発言だった。

「水間先輩、死ぬんですか」

「なんでだよ」

「いつもの水間先輩なら、一を千にして、ゼロさえ百にして、あることないこと騒ぎ立てるじゃないですか」

「わーお、篤《あつ》い信頼。けど今回は、私も当事者の一人ではあるから……あまりうかつには吹聴《ふいちょう》できないっていうか」

「私の知ってる水間先輩は、自分の危険も不利益も顧みずデマを振りまきまくる人なんですけど」

「私、怪人かなにか？　そう言われても、耳寄りな話はできないんだよ」

私は師匠から、水間先輩の他にも合宿の参加者から話を聞くよう言いつかっていたことを思い出した。

もしかしたら亡霊は、先輩の異変を予想して、そんな指示をくれたのかもしれない。

これ以上追及するのはやめにして、近くに参加者がいるなら代わってほしいと頼むと、先輩は気が進まない様子ながら、従ってくれた。

「あ、そのあの、雪鞍高校二年生の朝顔《あさがお》と申します」

か細く、早口な声が耳に入ってきた。

「名探偵様、ご機嫌麗しゅうぞんじます。私でよければ、なんなりとご質問を」

緊張させている……水間先輩が何か吹き込んだのか、さっきのおばさんたちみたいに、虚名が膨れあがった結果なんだろうか。自分のペースで、落ち着いて話してくれるよう頼むと、ようやくテンションを下げてくれた。

「合宿はですねえ、水間さんが格好よかったです」

初手から、信じられない発言が飛び出した。

「うちの先輩に脅されているんですか」

「違います！　私は、合宿二回目なんですけど、去年の合宿は泣いちゃったくらい怖かったから、いやだなあってずっと思ってて。今回も安胴さんがすごく威圧的で、皆が書いた記事を、あれがおかしいこれがおかしいってずーっと怒りっぱなしだったんですけど、水間さんが、安胴さんに抗議してくれたんです。それはおかしくない、そんなのは言い過ぎですって」

水間先輩も初回参加ではないわけだから、今回、態度を変えたのは私の入れ知恵が原因だろうか。少し申し訳ない気持ちになる。

「本当に、格好よかったんですよ。安胴さんが、この記事はそもそも書くべきじゃなかった、特定の政治思想を賞賛する結果になるからって怒ったときなんか、水間さん、啖《たん》呵《か》を切ったんです。『ただの高校生でも、そうありたいと決めた瞬間、ジャーナリストになるんです。どんな真実を伝えるか、どんな嘘を教えるかは自分で決めます！』って。素敵だったなあ」

いや、嘘はだめですよ。

「あんまり水間さんが譲らないから、安胴さんはずーっと怒ってたんですけど、水間さんが発案者になって、この合宿のことも記事にしますよって話になったから、あまり強い態度には出られなくなっちゃったみたいですね。途中からは静かな勉強会になりました」

夕食時以降の出来事も教えてほしいと私は頼んだ。むしろここからが、安胴さんの死に直結する時間帯になるからだ。

「夕食も、各々調達することになっていたので、九人で近くのコンビニに行って買ってきました。おしゃべりしているうちに十時になって、そこでまたもめたんです。安胴さんが、入口を外から施錠するって言い出したから」

新たな事実が飛び出した。

「入口の施錠は、今回が初めてだったんですか？」

「昔はわからないですけど、私が去年、参加したときはしませんでした。水間さんや、参加が三回目の人もびっくりしていたから、今回になって言い出したんだと思います。何かあっても外に出られないし、これまでは外側の門は閉じてるんだから大丈夫だろうって話だったのに、なんで今年だけって文句を言う人もいましたね。火災関係の条例違反じゃないかって抗議も出てました」

「でも結局は、安胴さんに押し切られてしまったと」

「閉じ込めたいわけじゃない。皆の安全のためだって言われたんです。最近、ナイフを持った窃盗団がうろついてるって通報があったから、念には念を入れたいって」

窃盗団？　そんな話は聞いていない。

その場合、外部の容疑者を疑う必要がある。防犯システムを導入していない敷地内なら、侵入も可能とは思われるからだ。

けれどもそんな情報が耳に入っているのならば、伯父さんが私に教えてくれたはず。

すると安胴さんの作り話なのだろうか。でも、何のために？

「結局閉じ込められちゃって、皆、もう寝ようって寝袋に潜り込んだんですけど、カイロを使っても寒いし、電灯少なくて暗いし、だんだん心細くなってきたんです。そうしたら水間さんが、恋バナでもしようかって。芋虫になったまま全員、円を作って向かい合って、一人一人話していったんですけど、誰一人彼氏はいないし、好きな人もいないって悲しい事実が明らかになっちゃいました」

聞いてるこっちも悲しくなってきた。

まあ、どこも女子校だから……女子を好きな子がいたとして、こういう場所で口にはしづらいだろうし。

「皆、黙り込んじゃったんですけど、水間さんが空気を明るくしてくれました。『それじゃあお薦めのエロ動画を見せ合いっこしようぜ！』って」

……中学生男子かよ。何してくれてるの、水間先輩。

「楽しかったですよ？　スマホの電源が切れるまで、それぞれベスト3を発表しながら、きゃあきゃあ笑い合ってました。イヤホンを持ってこなかった子とも半分こしたりして。私もうれしかったです。ああ、青春って感じがするなあって」

青春――青春なのかなそれって。

通話を終えた辺りで帰りのバスが到着した。山間の車窓を眺めながら、師匠の指示はすべて果たしているはずと確認する。新情報がいくつか明らかになったものの、それらが何を示すものなのかは見当もつかない。後は、亡霊の推理を待つだけだ。

「そんなに急がなくてもいいのに」

汗をかくくらい急いで丘を駆け上り、吐き出すように成果を並べた私に対して、師匠はのんびりした声で言った。

「あなた、体育会系じゃないでしょう？　冬場にやわな身体を酷使すると、心臓にこたえるわよ？　若いからって油断は禁物なんだから」

「急ぐに決まってるじゃないですか」

色々こみあげてきそうな胸を押さえる。

「これは警察との、伯父さんとの競争なんですから。アドバイザーなんて引き受けたからには、先に解決されちゃったら沽券《こけん》に関わります」

「……ちょっと、意外だったわ。気づいてないのね」

「何がです？」

「まあ、そういうこともあるでしょうね。最後に教えてあげる。それでは、愚者の足取りをあらためていきましょう」

水面に立ったまま、師匠は講釈を開始した。

「今回の事件、あなたから見て、どの部分が不可解だった？」

「それはもちろん、あの足跡と、その周辺です」

私は白い玉砂利と地肌のオレンジを思い出した。

「被害者が眠っていた部屋の窓が開け放たれ、その下からゲストルームの窓下まで足跡が続いていた。その場所で被害者は倒れていた。それ以外に足跡は見当たらなかった。普通に考えて、足跡はもう一つ存在しなければならないはず」

「つまり犯人の足跡ね。犯人は、何らかの方法で自分の足跡を消し去ったか、そもそも足跡を残さずに被害者を刺殺したと思われる。ところが、ここまで考えると、もう一つ不可解な点が立ち上がる。この足跡の不在によって、誰も得をしないという謎が」

犯人候補は一位が母茂さん、二位が刀場さん、九名の高校生は全員まとめて三位とするべきだろうか。母茂さんにしても刀場さんにしても、母屋、ゲストハウスそれぞれの壁にある凹みを利用すれば、玉砂利に足跡を残さず、屋根へ這《は》い上ることが可能。そこからナイフを投擲するか、同じく屋根へ登った被害者を襲えば、自分の足跡を残さず殺害できる。

ところが自分の足跡を消す、あるいは存在しなかった足跡をでっちあげるというトリックを行使したところで、自身の無実を捏造するほどの効果は得られていないのだ。

そしてプレハブの中にいた高校生の誰かが犯人という場合、外側から施錠されていた建物から抜けだして被害者を殺めたことになるわけだが、その強力なアドバンテージさえあれば、他の小細工は不要といえる。大した効果をもたらさない足跡トリックなんて、使う必要はないはずだ。

「まとめると、足跡トリックの存在が視界に靄《もや》をかけてしまう。そのせいで、有効な犯罪の合理モデルが構築できない。このようなケースにおいては、思い切った単純化を行う他にない」

師匠は言い切った。

「つまり、足跡をなかったことにする」

「いや、なかったことにしちゃだめでしょう」

そこを無視したら、まとまる推理もまとまらないと私は思ったけれど、

「一時的に棚上げすると言った方がよかったかしら？　なぜそうするかというと、被害者の死と足跡が、同じ人物の手によって生み出された結果であるとは言い切れないからよ。不純物を排除することによって、犯罪の合理モデルが構築できるかもしれない」

師匠の言い分を噛《か》み砕《くだ》いてみる。

「人物Aが足跡を用意した。それとはまったく無関係に、人物Bが安岡さんを殺害した。そう考える方が推測を立てやすいという理屈ですか」

頷いた亡霊は、

「先に後者を検討してみましょうか。被害者がゲストハウスの窓下に倒れていた。この窓ははめ殺し。死因は腹部からの大量出血で、近くに落ちていた凶器のサバイバルナイフは、被害者の私物。指紋は被害者のもの以外検出されていない。この状況だけ眺めた場合、別の可能性を考慮せざるを得ない。それは何？」

いきなり難題を放り投げないでほしい。

足跡をなかったことにするのだから、玉砂利はきれいな状態になる。つまり被害者が母屋にある寝室の窓を開けてゲストハウスの窓下へ向かうためには、一旦、屋根に登らなければならない。そしてゲストハウスの屋根は、三棟の中で一番低かった。だったら屋根に登った被害者が、その上で何か用事を済ませた後、比較的安全な形で地上に戻ろうとする場合、ゲストハウスの屋根に移り、そこから壁伝いに着地するのが合理的。その際、被害者がナイフを持ったままで、足を踏み外したとしたら……

「事故死ですか？」

だとしたら、今度は、ナイフ持参で屋根に登った理由が問題になってくる。

「どうして屋根なんでしょう。ナイフが役に立つ作業があるとしても、夜に着手するとは思えませんし、誰かを襲撃する場合、登る必要がありますか？」

「本当に襲うつもりじゃなくて、脅し目的なら意味はある。例えば窃盗団の振りをして、怖がらせる場合なら」

私は感心していた。この人は情報を咀嚼《そしゃく》するのが本当に得意だ。プレハブを施錠する際、安胴さんが口実として口にした窃盗団の噂。これは、伯父さんから話がなかったことから、安胴さんのでっちあげである可能性が大だった。

「今回の合宿で、水間さんは安胴さんに対して反抗的な態度を取っていた。朝顔さんのリアクションから判断する限り、他の参加者も同調していたようだから、安胴さんにとっては、思いがけず不愉快な勉強会になったのでしょう。気分を害した安胴さんは、いもしない窃盗団の話を参加者に吹き込み、それを理由にしてプレハブを施錠する。そして頃合いを見てプレハブの屋根に立ち、そこら中を踏み回る。脆弱《ぜいじゃく》なプレハブのこと、足音が響き渡って、中に閉じ込められていた女子高生たちは、恐怖に包まれるだろうと予想できた。さらにダメ押しとして、ナイフを壁に突き立て、パニックに陥らせようと企んでいた」

私はプレハブの薄い壁に、切り裂いた跡が残っていたのを思い出した。

しかし腑《ふ》に落ちない。

「仮にも新聞社一つを経営しているような立派な大人ですよ？　ちょっと女子高生に反発されたくらいで、そこまでやりますか？」

「やるでしょうね、場合によっては」

亡霊は当然のように言う。

「この私を例にして教えてあげましょう。もう三十年もこの滝に縫い付けられている私は、頻繁にこの辺りを訪れる後輩たちに対して、大人げないくらい悪意を抱いたことがあったの。幽霊の私に未来はない。未来永劫《えいごう》、誰とも言葉を交わせず、砂粒ひとつにさえ触れることもできず、永遠の禁錮刑を科せられ続ける運命なのかもしれない。その一方で、学園生たちには未来が開かれている。卒業して、大人になって、仕事に恋人に伴侶《はんりょ》と無限の可能性が約束されている。少なくとも私にはそう見えた。だから、憎らしくて憎らしくてたまらなかった。なんとかしてこの子たちに接触を図り、不幸にする方法はないものかと模索していたものよ」

「今は違うんですよね」

心中にアラームを響かせながら、私は訊いた。

「もう三十年よ？　枯れてしまったわ。今は悟りを開いた心地」

安心して、とウインクする亡霊。あまり安心できない。

「自分が袋小路《ふくろこうじ》に立っていると、そういう妬《ねた》みが湧き出してくるものなのよ。天から二物も三物も授かった世に冠絶する天才の私でさえそうなるのだから、凡人においてはより醜《みにく》い表出になる。五十路《いそじ》の安胴さんも、閉塞感《へいそくかん》と嫉妬《しっと》に歪んでいた。合宿にやってくる女の子たちが憎かった。より正確に言えば、彼女たちの未来が疎《うと》ましかった」

「いや、安胴さんはそれなりに名の知れた新聞のオーナーじゃないですか。どちらかと言ったら、輝かしい未来を手に入れた側でしょう？」

「そうだとしても、未来は固定されてしまった。時代を問わず、五十代になってから躍進を遂げる人間は珍しいはず。よほどのガッツがない限り、それ以上のキャリアアップは難しい。そんな風に諦念《ていねん》を感じ始めたお年寄り仮免の目の前に、キラキラした生徒さんたちが毎年、現れる」

「それって、サイコロで、三の目を確定させた人が、まだサイコロを振ってない人を羨むようなものですよね。無限の未来なんて言葉の綾《あや》ですし、せいぜい人生なんて一～六程度の違いでしょう？　そこまで嫉妬したり、攻撃的になりますか」

「振り終えた人間の瞳にはね、未確定のサイの目が眩しく映るものなのよ。百にも、一億にも見える」

「まあ、経験者がそう語るなら、反論はできませんけれど」

これ以上は水掛け論になりかねないと判断した私は、話を先に進めることにした。

「ようするに安胴さんは、合宿を利用して、女子生徒にパワハラしてうさを晴らしてたわけですか」

「何、パワハラって」

「パワーハラスメント。上の立場にいる人が、地位を笠《かさ》に着て弱い人を脅かすことです」

「そういう言葉が作られたのね。現代のモラルは、進化したのかしら退化したのかしら……？　そうね、一言で表すと、そういう話になる。最初からパワハラを愉しむ舞台として設定したのかどうかは明言できないけれど、あの別荘とプレハブ小屋がうってつけの環境である点は確か」

亡霊は目を細め、

「立派な母屋とゲストハウスがあるのに、生徒たちは粗末なプレハブに押し込められる。内部の床は剝き出しのコンクリート。一月の寒気の下で、寝袋の中、震えて二晩を過ごす。昼間は昼間で、これまで取り組んできた部活動を全否定するような罵声《ばせい》を浴びせられ、自尊心もぼろぼろ。これが一ヵ月も続いたなら、さすがに問題になるでしょうけど、二泊三日だと、これくらい我慢できる、と気持ちを抑えがち。伝統的に、各校の顧問や教員は同行していない様子だし、参加者は入れ替わるから、問題点も外部に拡散しづらい」

よく練り上げられたシステムよね、と微笑んだ。

「おそらく安胴は、普段の仕事中や家庭においてはまったく暴君ではなく、信頼され、良好な人間関係を築いている人だと思う。許されないラインと、社会の目に触れにくいシチュエーションをきちんと把握しているはず。そうでなかったら、十数年もこの合宿が続くとは思えない」

「システムとかシチュエーションとか、大層な話に聞こえますけど」

我慢できず、私は口を挿んだ。

「ようするに、いい歳をした大人が、自分の娘みたいな年頃の女子生徒をいじめて喜んでたってわけですよね」

「有り体《てい》に言うと、そうなるわね」

「格好悪くないですか、かなり」

「かなり格好悪いわね」

亡霊は海外ドラマのオチみたいに肩をすくめる。

「話を、昨夜何が起こったのかに戻しましょう。この、安胴さんが自分のためだけに構築したいじめシステムは、水間さんの勇気によって簡単に崩壊した。年に一度の楽しみをふいにされたいじめっ子は、生意気な女子生徒どもに思い知らせてやろうと決意、窃盗団の噂を吹き込んだ上で夜、自室の寝室から屋根に登り、プレハブの屋根を踏んで回り、壁にナイフを差し込んで女の子たちを驚かせようとした。あいにく、この悪さは上手くいかなかった」

どうしてでしょう、と言いかけて、私は朝顔さんの話を思い出した。エロ動画鑑賞だ。眠る前に、参加者たちは皆でお薦めエロ動画を紹介し合っていた。朝顔さんによると、何人かはイヤホンを半分こしていたらしい。つまり大半は両耳をイヤホンでふさいでいたという結論になる。安胴の演出は、効果を及ぼさなかった。少しは音が響いただろうが、エロ動画の色々な音にかき消されて、注意を惹くことはなかったのだろう。

「きっといじめっ子は歯がみしたことでしょう。何か別の方法を思いついたのか、その夜は諦めたのか今となってはわからないけど、プレハブの屋根を離れた。そのまま母屋の屋根から寝室の窓へ降りるのではなく、一旦、ゲストハウスの屋根へ移ったのは、そちらから降りた方が安全と判断したのでしょうけれど、結局、その判断が命取りになった。上手くいかない怒りのせいか、別の要因かは不明だけど、降りる途中に足を踏み外し、運悪くナイフが腹部を傷付け——」

出血多量で絶命。

「まとめると、いい歳した大人が女子を物音やナイフで怖がらせようとして、失敗した挙げ句、足を滑らせて死んじゃった、と」

「有り体に言うと、そうなるわね」

「最低じゃないですか、ものすごく」

「ものすごく最低ね」

亡霊は天を仰ぐ。

「これで安胴さんの死に関しては、事故死ということで説明がついた」

「問題は足跡の方ですよ」

これまでのように、集めてきた情報から何が起こったかを汲《く》み上げる手際には感心しつつも、今回は納得できない。

「謎の足跡が残った経緯については、一旦棚上げするべきって師匠は言いました。でも、安胴さんは足跡があったまさにその位置で事故死したわけです。二つの出来事が、偶然重なるっていうのは無理がないですか」

「偶然ではなく必然なのよ」

亡霊は涼しい顔のままだ。

「プレハブの屋根で何かをしてから戻ってくる場合、一番屋根が低い、ゲストハウスから降りてくるのは合理的。同時に、寝室の窓下からゲストハウスの窓下まで足跡を残す理由があったなら、安胴さんの遺体と、足跡の位置が重なったとしても不思議ではない」

「いや、不思議ですよ。同じ夜に重なるわけですから」

「起点は同じなのよ。これまでの合宿では主催者の横暴を許してきた参加者たちが、安胴さんに対して反旗を翻《ひるがえ》した。この反抗に安胴さんは怒り、嫌がらせを目論《もくろ》んだ結果、事故死した。一方で、参加者たちもただパワハラに声を上げるだけじゃなく、策を講じて、合宿の改善を狙ったとしたら？」

「その方法が足跡なんですか」

大筋は納得できるけれど、策とやらの効果がわからない。

「前から薄々勘付いていたけれど、あなた、案外純粋なのね」

「ばかって言いました？」

「性的な事柄に疎いという意味」

優越感で撫でるような視線が返ってきた。

「分割を忘れないで。足跡を用意した誰かは、安胴さんの死に直接関わっていないと仮定している。当然、この人物は彼が死ぬなんて予想していない。つまりこの人は、安胴さんが健在のまま、足跡が残っている状況を期待していたという結論になる。その場合、足跡はどのような効果をもたらすのか？

安胴さんは既婚者だった。その彼の足跡が眠っているはずだった母屋の窓から続き、それは、母茂さんが泊まっていたゲストハウスの窓下で終わっている。しかも、行きの足跡だけ」

「……不倫ですか」

足跡を用意した誰かは、安胴さんと母茂さんが後ろ暗い関係にあるとでっち上げたかったのか。

この醜聞が近所のおばさま方なんかに伝わった場合、安胴さんは、あの場所で合宿を開催し続けることをためらうに違いない。会場が変更になったら、少しは参加者の扱いもましになる。上手く運んだら、別人の主催にしてもらえることも期待できる。それが目的だったのか。

「でも、あの窓ははめ殺しで中には」

そこまで口に出して、理解できた。

「そっか。例年、プレハブに閉じ込められている水間さんたちは、それを知らなかったとしてもおかしくない」

「その一方で、安胴の部下であり、毎年彼に従っていた母茂さんや刀場さんは、把握していない方がおかしいと言える。情事をでっち上げるための足跡だった場合、発案者は生徒側に限られるわけ」

そこまで言って亡霊は、動物の角をつかむみたいに両手を上げた。

「どうやって足跡を用意したかについては、いくらでも可能性がある。玉砂利の性質上、ぼんやりした跡を残せばいいわけだから、安胴さんの靴さえ必要ないものね。とはいえ、候補くらいは挙げておきましょうか。使ったのはパイプ丸イスじゃないかって私は考えてる」

ああ、脚をつかむジェスチャーなんだ。

「パイプ丸イスの脚、床に接する四ヵ所に、靴を差し込んでヒモか何かで固定する。女子生徒の靴ではサイズが足りないでしょうから、ストッキングやタイツで包んで、成人男性の大きさに修正しておく。このイスを、各々が持って中庭へ向かう。母屋と中庭の間には砂利が敷き詰められていないスペースもあったから、被害者の寝室の下まで、足跡は残らない。そこで一脚のイスAを玉砂利の上に載せ、誰か一人がAの上に立ち、別のイスBを受け取ってAの前に置く。続いてイスCを受け取り、Bの前へ。この作業を繰り返しゲストハウスの窓下までやって来たら、後はイスの上に立ったまま、前方のイスを回収しながら元の場所まで戻って来ればいい。プレハブの中で予行演習でもしておいたら、それ程時間はかからないはずよ。

ただし、このやり方では右足と左足の間隔が一定になってしまうから、固定した靴の位置を変えるとか、なんらかの微調整は施したでしょうね。一連の作業は、少なくともプレハブが施錠される前に終了しているはず。夜、プレハブの影がかかる中庭は、見づらいでしょうから、安胴さんたちは気づかなかったのでしょうね」

やり方はそれで問題なさそうだけれど、まだしっくりとこない。

「足跡があいう形だったら、不倫を疑われるという理屈はわかります。けど、ちょっとパンチ不足じゃないですか？」

近所のおばさんたちは敷地内まで入ってくるわけじゃないし、足跡は消してしまえばいいだけだ。醜聞を振りまくには決定力に欠ける気もする。

「大前提を忘れてるんじゃない？　あそこに集まっていたのは、そもそも何の部活に所属する人たちだったかしら」

言われてみるとその通りだった。彼女たちなら、悪い噂が広まるのを待つのではなく、自ら拡散させるノウハウを持っている。

「さらに言えばあの中には、読者の興味を惹くためだったら、嘘や誇張も平気でちりばめる編集方針の持ち主も、少なくとも一人は含まれている……あなたも承知しているでしょう？」

はい、よーく知ってます。

「ありがとうございます。早速伯父さんに電話しないと」

礼を言って、スマホの電話機能を立ち上げる。真相を伝えた場合、安胴さんが死ぬとは予期していなかったとはいえ、余計な工作を主導した可能性が高い水間先輩が窮地に陥るかもしれないけれど、まあいいや。

ところが伯父さんを呼び出そうとする私に、亡霊は意地の悪そうな笑顔を見せた。

「そんなに急がなくていいと思うわよ。あなたの伯父さんも、見当は付いていると思うから」

長々と語った挙げ句、何を言い出すの？

「プロの捜査機関ですからそういうこともあり得るでしょうけど、連絡しないとわかりませんよ」

「違う違う。最初から、わかった状態で話を持ってきたのよ」

意味がわからない。

「それなら、わざわざ忙しい中、どうして会いに来たんです？」

「あなたを、別荘地周辺の野次馬に紹介するためよ」

ますます意図がつかめない。あのおばさんたちに会ったところで、何が進展するというのか。愛嬌《あいきょう》を振りまき、サインもしてあげて、何が変わった？

「野次馬の人たちは、皆、高官の妻だったり、有力者のコネを持っていた。犯罪捜査に従事する人間にとって、ああいう面々が集まってくることほど煩わしいものはない。ただうるさいだけじゃなく、実際に捜査へ横やりを入れてくる可能性だって否定できないのだから。ところで、野次馬さんたちは何を求めて集まってきたのでしょうね？　動き回る刑事が見たいとかいう、正真正銘の野次馬だったのかしら」

「心配なんだと思います。容疑者が逮捕されないと外を出歩きたくない、みたいな話も出てましたから」

「では、そういう心配を解消するには、何をするべきかしら」

「それはやっぱり、事件を解決することじゃないですか」

「それだけでは足りない」

面倒を払うように、師匠はゆっくりと左右に首振りした。

「なぜなら、警察の結論が正しいのかどうか、野次馬さんたちに確認する術《すべ》はないのだから。今回の事件の場合、事故死という結論に納得してもらえないとも考えられる。あのパワハラプレハブや、安胴さんの所業については報道しない展開もあり得るでしょうから、事情がわからない近隣の住民たちは不安を募らせることでしょう。

『警察はまじめに捜査していなかったんじゃない？』『何か隠し事があるのでは？』、そういう疑念を野次馬さんたちがえらい人に吹き込みでもしたら、あなたの伯父さんをはじめとする捜査陣は対応に追われ、他の事件捜査に支障が出てしまいかねない。

そうならないためにするべきなのは、ただ、事件を解決するだけでなく、『警察は全力を尽くしている・尽くした』と納得させること。そのためにあなたを招いたわけよ」

私なんかに何の意味が、とは言わない。

名探偵・時夜遊の再来に出くわしたおばさんたちの態度が、すべてを物語っていた。時夜遊の伝説は、当時の雷辺生を中心に、県内の富裕層、つまりあの別荘地にいるような人たちに膾炙《かいしゃ》していた。当然、現在の雷辺女学園で再び様々な事件が発生して、それらを時夜遊の親族が解決したという噂も広まっているはずだ。

そんなおばさんたちの周辺で事件が発生した。時夜遊を継ぐ名探偵が、この事件にも関わってくれたらいいのにな。そんな風におばさんたちが願うのも無理のない成り行きだ。

「あなたは充分にその役割を果たした。野次馬たちに対し、警察の捜査は手抜きでも的外れでもないと保証してあげたのだから。伯父さんは、あなたの立場なら、そう言う他にないって予想していたのでしょう」

私、上手いこと動かされていたのか。錠伯父さんの掌の上で。

「今の話、根拠はあるんですか。いつから怪しかったんです」

「グーグルマップ」

亡霊の答えは、本日、私が教えたばかりの文明の利器だった。

「あなたを訪ねてきた伯父さんは、事件現場の状況を説明するために、一枚の簡略図しか見せなかった。よく考えなくても、これはおかしい。事件捜査の責任者だったら、現場の写真くらい簡単に持ち出せるでしょうし、そうした方が、名探偵の知恵を引き出すために効率的であるはず。百歩譲って、多忙で用意できなかったという理由があったとしても、グーグルマップやグーグルアースを見せれば参考にしてもらえるでしょう？

あなたがその気になればいつでも参照できるとしても、なるべく事件現場の詳細を見てほしくなかったと推測できる。

それはなぜか？　伯父さんは、あなたに直接現場へ来てもらいたかった。野次馬たちにアピールさせるために」

言われてみると、現場の刑事さんたちはびっくりするくらい協力的だった。思い返すと、私が求められた役割をこなしたから、と解釈できる。

「その推測が正しいとして、師匠はどうして機嫌がよさそうなんです？　してやられて、無駄に推理をさせられたじゃないですか」

「してやられたのは私じゃなく、あなただからよ」

くっくっと亡霊は、悪人を演じるような笑い方をする。

「あなた、私から搾取しているでしょう？　私の骨を回収して、成仏させてあげるという約束を盾に、自分自身ではとことんまで思考しないで、私から推理を搾取している。そんなあなたが、偽物とはいえ、名声を搾取されているって構図が痛快だったからよ」

ぽかんと口を開けた私は、ぶつけられたボールに歯がみする。

「どうかしら？　大人のズルさが身に染みてわかったでしょう？　これがサイコロを振り終えた人間のやり口なのよ。腹が立つでしょう。不潔に感じるでしょう？　大人になんてなりたくないって思った？」

師匠の言葉から漂ってくるのは、じゃれるような、甘がみするような悪意だった。

だから怒りは収まった。

「いいえまったく」

私は言ってやった。

「輝かしい未来が待っていますから」

第四章　密室毒薬遊戯《ゆうぎ》

観客の記録④

思考を積み重ねる。

時夜翔が、自力で事件を解決しているのか、大叔母の幽霊から知恵を拝借しているのかは、本質的に問題ではない。

たとえ偽物であっても、時夜翔がそれらしく振る舞い続け、名探偵の伝説に傷を付けないでいてくれるなら、それはそれで歓迎すべきだからだ。

だが、何事にも崩壊の兆《きざ》しは潜んでいるものだ。

時夜翔が、自らの虚栄心を満たすために大叔母を利用しているのだとするならば、その行いには矛盾がつきまとっている。栄光を手に入れれば手に入れるほど、時夜翔は、自らの首を絞める結果を招くからだ。

最終的に、時夜翔が虚飾を貫き通す術を失い、無力な凡人として真の姿を曝《さら》け出さざるを得なくなったとき――

私はあの滝に、供物を捧げることになるだろう。

二つの供物を。

「好きな音楽とかって、あったりするんですか」

三月三日の昼下がり。雷辺の滝を訪れた私は、十五分くらい、師匠と無駄話を重ねていた。ほとんど考えなしに口にした発言が予想外にツボだったらしく、亡霊は腹を抱えて笑う。

「何それ、合コン?」

「合コンって、師匠の時代にもあったんですか」

「あったに決まってるじゃない。私がここに来たのって、一九九〇年代よ」

「九〇年代って、歴史の中の出来事って印象なんですけど」

失礼ねえ、と亡霊は足をばたつかせる。彼女は滝の近くにある岩の凸部分――厳密にはその上に広がる見えない何か――に腰掛けて、髪を搔き上げていた。幽霊の髪は、強風にも水滴にも乱されることなく、ただ、持ち主の動作にだけ引っ張られる。

「何の話だったかしら」

「九〇年代の合コンについてです」

「好きな音楽でしょう？　洋楽はロバート・ジョンソンとか、ヴェルヴェット・アンダーグラウンドとか。邦楽ははっぴいえんど」

「それ師匠の高校時代より古いですよね」

『ロック・ブルース永遠の名盤』みたいな企画からピックアップしたみたい、と言うと、バレたか、と亡霊は舌を出した。

「本当に好きな楽曲を人に教えるのって、気恥ずかしくない？　とくに私とあなたみたいな間柄だったら」

「利用して利用される関係じゃないですか」

だから言えないんでしょうが、ともう一度髪をいじった後で、

「ああ、でも気になった曲はある。ここに来てから、生徒のスマホから流れていたのを聴いた男性シンガー。そうだ、今なら見つけてもらえるかも」

師匠は歌詞を半分以上記憶していたので、検索するのは簡単だった。歌詞の一部からアーティスト名を拾い上げてくれる無料サービスに入力すると、すぐにその人の公式サイトを表示してくれた。

「割と有名なアーティストだ。紅白にも出場してますね」

「私は聴き覚えのない名前だけど……ああ、一九九七年デビューなのね。知らなくて当然か」

ユーチューブにアップされてる曲ですね、とサムネイルを見せてあげると、無料で楽

曲が利用できることに亡霊は驚き、ビジネスモデルが変わったのね、と一人で納得していた。再生。アコースティックギターと落ち着いたハスキーボイスが滝音と共に降り注ぐ。失った恋に対する執着と、愛した人に心の内をすべてさらけだしたいという執念を赤裸々に語る歌詞なのに、なぜか重苦しさを感じない、不思議な歌だった。悪くない。

「強烈な感情を、穏《おだ》やかに表現する歌って、聴いているうちに怖くなる」

三度目の再生がはじまったとき、亡霊は呟いた。

「歌の主人公にとって、その感情が過去になりつつあることがわかるから。どんな愛情も憎悪も、時が経つと穏やかに均《なら》されてしまう――そんな諦念が、歌詞の外から聞こえてくるようで、やるせないのよね」

私は首を傾ける。亡霊の恐れる感情の摩耗とは、自分に対するものだろうか？

「師匠は、忘れられたくないんですか」

だとしたら、杞憂《きゆう》もいいところだ。亡霊の名は学園の出版物にも、卒業生の心の中にも刻み込まれている。

「どちらかといえば、忘れたくない。忘れるのが恐ろしい」

私の推測とは逆方向だった。

「この前の足跡事件で、話したでしょう。この滝を訪れる生徒たちが憎らしかったって。けど今は、まったくそんな風に感じないの。私、この滝に縛り付けられていた三十年間で、ずいぶん穏やかに変わってしまったのよ」

「いいことじゃないですか」

「そうかもしれない。でも生前の私は、今の私に比べると、感情の動態がまるで異なっていた。記憶や思考方法は同じでも、今の私は、生前とは別人に変わり果ててしまったともいえる」

それは、確かに複雑だろう。師匠は、生まれてからこの滝で命を落とすまでより、この滝で幽霊になってからの時間の方がすでに長い。これから先も、成仏できずにこの場に居続けるとしたら、それが百年、千年と長きに及ぶようなら、亡霊の主観の中で、人間だった時代はほんの一部となり、その頃の気持ちは、完全な過去になってしまうわけだ。

「恐ろしい。でも、この歌はいいわね」

亡霊は私の方を向いて笑った。

「合唱してみない？」

「いやですよ！」

初対面のとき、校歌を合唱したことを思い出した。

「あのときも言いましたけど、誰かに聞かれたら恥ずかしいじゃないですか」

「校歌を一人で熱唱している姿に比べたら、普通じゃない？」

「ぜったい歌いません。歌いませんからね」

結局歌った。

「何かあったの？」

その後で、師匠が踏み込んできた。

「私の戯《ざ》れ言《ごと》に何分も耳を傾けてくれるなんて、初めてよね」

まさか退学するなんて言わないでしょうね、と目を細める亡霊に、私は歯切れの悪い調子で白状した。

「似たようなことです。師匠と、お別れすることになるかもしれません」


長い間、名探偵は崇拝されていた。

彼女の名声は学園内に留まるものではなく、捜査機関や他校の生徒にまで行き渡っていた。さらに三十年のブランクを経てやってきた彼女の親族が、同じように難事件に出くわし、それらをすべて解決してみせた。

すると声が高まってしまうのは避けられない事態だ。滝壺に消えた名探偵をそのままにしておくのはあまりに忍びない。徹底的に滝を浚《さら》い、遺骨を回収してはどうか、という声が。

都合がいいことに——私にとっては悪いことに——ここ数年、土砂崩れで滝の水量が頻繁に変化、周辺の山道に被害を及ぼすような事例も相次いでいたため、景観には配慮しつつも、滝やその周辺の護岸工事を行う計画が県の上層部で決定されていた。上流から、滝を一部せき止める工程も含まれており、その作業の合間に、泥の中に紛れている可能性がある名探偵の遺骨を捜索すればという案が持ち上がったのだ。

この話を耳にして、当然、私は反対した。「遊が、今も学園内外の皆さんに愛していただいているのは光栄な話です。時夜家の墓に、彼女の遺骨が納められていないことも不憫《ふびん》に感じてはおりました。ですが、ただでさえ巨額の費用を要する護岸工事に際して、一個人に配慮する目的で出費を増大させるような計画変更は、県政が財政難にあえぐ状況下で、本当に正しいものでしょうか」

残念ながらこの発言は、ただ親族の謙遜《けんそん》と受け取られただけで終わり、関係者を翻意させるほどの効果はもたらさなかった。

結局、名探偵の遺骨調査は工事に組み込まれることになり、すでに滝の周辺でも準備作業が開始されている。

「なるほど」

このニュースを、師匠はそれほど感動した様子もない顔で受け取った。

「その捜索作業の結果、私の骨を回収されてしまう可能性は高い。お別れの時が近づいてきたというわけね」

「本当に残念です。師匠と過ごした時間は、私にとってかけがえのない日々だったのに」

「本音は？」

「これから先、師匠を当てにできなくなるから困ってます」

「正直でよろしい」

「……いちおうお願いしておきたいんですけど、遺骨を回収する過程で、師匠の骨に触った作業員の人が、師匠と会話できる状態になる可能性は高いと思われます。成仏までにタイムラグが生じた場合、師匠は、作業員の人に見つからないよう、隠れてもらっていいですか」

私は、この亡霊を完全に信用しているわけではない。これまで推理を請け合ってくれたのは、あくまで成仏の手助けをしてあげるという約束あってのことだ。私が何もしなくても望みが果たされそうな状況下で、この人がどう動くものかわからない。最悪の場合、会話ができるようになった作業員に対して、すべてぶちまけるかもしれない。

ところが予想に反して、亡霊は気前がよかった。

「いいわよ。あなたに助力した結果、遺骨回収作業が開始されるのだから、あなたが約束を果たしてくれたようなものだともいえる。それくらいのサービスはしてあげる」

ちなみに作業はいつから？　と問われて、私は小声になる。

「明日からです」

「もう少し早く教えてほしかったわね」

亡霊は、明日の朝図工の授業でラップの芯《しん》が必要だと言い出した子供を見るような顔で、溜息をついた。

「私がいなくなる以上、あなたは名探偵で居続けることが困難になってしまう。何か対策は考えているの？」

「全然です」

私は正直に答えた。

「これからは、難事件を突きつけられても自分でなんとかするしかなくなるわけですけど、そんな憐《あわ》れな私に、餞別《せんべつ》をくれませんか。それさえ気をつければ、事件捜査が三十パーセント効率的になる秘訣《ひけつ》とか」

「まったく調子がいいわね。でもまあ、一つくらいアドバイスをあげてもいいでしょう」

亡霊は形のいい指を私の眼前に伸ばした。

「危難に見舞われた折は、あなたの基本理念に従いなさい。あなたは普段、何を尊いと感じ、何を優先して過ごしている人間なのか。この点を決して忘れないこと。追い詰められた状況で新しい試みに手を出す人間は、高い確率で失敗する。不格好でも卑怯《ひきょう》でも、あなたのスタイルを貫《つらぬ》きなさい」

私のスタイル。

「その場しのぎで嘘を重ね、他人に頼るのが私のスタイルなんですけど」

「それでも、あなたの得意業には違いない」

亡霊はこれまで聴いたことがないくらい柔らかい声を出した。

「どれだけ低俗でも悪辣《あくらつ》でも、繰り返し成功を収めてきた行為には、自負と強度が必ず宿るものよ。自信を持って貫きなさい」

「肝に銘じます」

用が済んだので、適当に挨拶して帰ろうと思っていたところ、

「今日が最後かもしれないんだから、もう少し残っていきなさいよ」

まあ、そう来るだろうなとは予想していた。

「そうは言っても、もう話すことも思いつきませんけど。しりとりでもしますか？」

私の軽口に動じることなく、亡霊は満面の笑みを浮かべた。

「もう一回、一緒に校歌を歌ってくれない？」


翌日以降、雷辺の滝へ続く山道は、鉄柵《てっさく》で二重三重に封鎖されてしまった。上方の水流をコントロールするということは、本来、水が流れていないエリアに水分が注がれる結果となるため、崖崩れや土砂崩れ、崩落などが起きかねない。そのため、かなり広範囲にわたる領域まで立ち入り禁止の看板が立ち、警備員も巡回している。初日の時点で、滝壺から百メートル離れた地点に立ち入るのが限界だった。

今、この瞬間にも、師匠は昇天の時を迎えているかもしれない。

そうでなかったとしても、師匠に会いに行くことはほとんど不可能だった。

それから数日の間、私は祈りながら毎日を過ごした。遺骨が見つかりませんように。成仏なんてできませんように。やっかいな事件が発生しませんように……

三月十日の三時前。私はすべすべとして座り心地のいいソファーに腰掛け、水間先輩の到着を待っていた。

ここは学園内の特別応接室。先日、錠伯父さんを迎えた応接室の隣に位置しているけれど、広さも調度も、私の見るところ、一グレード高い。日常的に応対に使用する部屋ではなく、県知事や中央の官僚、有力な卒業生などを迎えるための部屋らしい。そんな豪勢な部屋のソファーに、私、錠伯父さん、寮長の真舟さん、美術部顧問の蛾尾先生、美術部一年生の小花さんが座っている。目の前のテーブルには有名菓子店のプチケーキと黒楽焼《くろらくやき》のカップに注がれたブルーベリーティーが六セット。

「お待たせしました。それでは、座談会を開始させていただきます！」

扉を開き、入ってきた水間先輩は、一瞬、眉根を寄せて制服のポケットからレコーダーを取り出した。

「お待たせしました。それでは、座談会を開始させていただきます！」

ああ、今の挨拶から始めたかったのか。

「司会を仰せつかりました、新聞部部長の水間と申します。この記事を最後に部長を退くので、無理を言ってこのように豪華なスペースを用意していただきました。参加者の皆さんには本日のお題に関して、忌憚《きたん》のない意見を交わしてくださいましたら幸いでございまーす」

お題はこちら、と先輩は別のポケットからルーズリーフを取り出し、開いて見せた。録音だけのはずなのに、手の込んだ演出だ。

「名探偵・時夜遊の思い出について」

ルーズリーフを立て、顔の近くに掲げた。

「三十年前、学園に恐怖と不信を振りまいた奇怪な事件の数々は、名探偵・時夜遊によってすべて解決されました。そして年月が流れ、再び学園やその周辺を襲った不穏な事件に対し、遊さんの大姪にあたる時夜翔さんが立ち向かっておられます！　そこでお二人の偉業に敬意を表し、主要な六つの事件について振り返りつつ、当事者の皆さんのみご存じの貴重な情報を語っていただけたら、というのが今回の本旨でございます」

錠伯父さんが苦笑する。「その周辺」の事件には水間先輩も関わっていたはずだが、本人は涼しい顔だ。例の靴跡に関する工作は、ほとんどお咎めなしで終わったと聞いている。

「語れと言われても、上手くまとめられなかったので……今日は写真を持ってきたんですよ」

真舟さんは写真機メーカーのロゴが入ったアルバムを持参していて、私たちに開いて見せてくれた。最初のページに、黒い制服姿の少女が二人、並んで写っている写真が貼ってある。

「わあ、昔の真舟さん、かわいい。きれい」

声を躍らせた小花さんは、次の瞬間、びくりと肩を震わせ、

「ごめんなさいっ。今の寮長もかわいいです。きれいです」

うふふ、と微妙なリアクションを返した寮長は、

「我ながら、あどけない顔立ちをしているわねえ。それに引き換え、遊さんにはこの頃から名探偵の風格が備わっていた」

私は写真を眺める。十代の大叔母さんは、確かに利発そうな眼差しをしていた。

次のページにも二人のツーショットが写っていたけれど、制服が変わっている。今の私たちが着ているものと同じ、ブラウンのチェック柄だ。

「制服が新しくなったのって、この頃だったんですね」

寮長は水間先輩の言葉に頷いて、

「当時は、在学途中で制服を替えるなんてって声も多かったけれど、私も遊さんも新しもの好きだったから。それ以降、ずーっと制服はこのデザインのまま、細部の意匠も変更されていない。センスがいいって好評なのよね。最初に袖を通した生徒の一人として、私も鼻が高い」

「そういう意味だと、私はセンスなかったなあ」

口を挿んだのは蛾尾先生だ。同じページのクラス集合写真は旧制服と新制服が混在していて、その中で、黒い制服のままひきつったような笑顔を浮かべているのが、三十年前の蛾尾先生だった。

「私は、遊さんとあんまり話した覚えはないんだけどさ、真舟は、遊さんと仲よかったよね。そもそもルームメイトだったし」

そこまで親密だったとは。

私の視線に気づいたのか、寮長は懐かしそうにはにかんだ。

「遊さんの話は、回転が速すぎてついていけないこともしょっちゅうだったけど……同室の私に、とっても親切にしてくれた。私も、何かお返ししなきゃって思って、ある事件では、遊さんの助手みたいな仕事をさせてもらったこともあったのよ」

「知ってる。確か高級時計盗難事件だろ？」

応じた蛾尾先生の声は、美術教室で耳にしたときより高く、やんちゃな感じが伝わってくる。三十年前が戻ってきたみたいだ。

「あの事件では、私が手に入れた木片が推理の決め手になったから、とっても誇らしかった。とはいえ、基本的に遊さんは一を聞いて十を知るような安楽椅子探偵タイプだったから、大抵の事件で、余計な手助けなんて必要としていなかったけど」

「……なあ、新聞部。この取材は、遊さんの思い出中心って話だったけど」

美術部顧問は水間先輩に顔を向け、

「遊さんの話は三十年前の色々な事件に関わってくるし、親戚の翔さんや、最近起こった別の事件とも切り離すことができない。そこら辺についても話して構わないか」

「むしろ話してください、どんどん！」

ゴーサインをもらった蛾尾先生は、「それじゃ」と切り出した。その声は、現在の美術部顧問に返っている。

「昨年の五月に大浴場付近で脅迫事件が、九月に美術準備室で傷害事件が、そして今年に入り、学園外とはいえ、新聞部が合宿していた別荘地で事故死が発生した。私は美術準備室の事件しか詳細は知らないけど、翔さんが解決したこの三件は、三十年前に遊さんが解決した主要な事件と、似通った要素があるように思われてならない」

ここまで言って、ちなみに、と蛾尾先生は手を挙げた。

「高見に関しては、意識を取り戻して六ヵ月経った現在、何の後遺症も見受けられないし、筆に鈍りもない様子だから安心してくれ。まあ、そうじゃなかったら私がこんな席に出てこられるわけないけどさ」

ええと、どこまで喋《しゃべ》った？　と真舟さんに訊く。

「三十年前と現在、主要な事件三つに、共通点があるのではって話まで」

「そう、共通点なんだ。三十年前は、背後でMが糸を引いていた事件だ……すると今回も、黒幕が存在するんじゃないかって考えるのは、的外れかな」

「そんなことありません」

即座に水間先輩が反応する。

「黒幕説は、私も想像して、記事にしました。没にされちゃいましたけど」

「この件に関して、見解を聞きたかったんだよ。遊さんの後継者である翔さんと、助手みたいな立場だった真舟にさ」

——困った。

私は瞑目《めいもく》して、思慮深さを演出する。これまでの事件の真相以上に、とりとめのない話で答えようがない。

ここは、「まだ答える時期ではない」とでも言ってお茶を濁《にご》そうかなと考えたけれど、

「あくまで私個人の見解だけれど、黒幕は存在しないか、一件だけと推測している」

真舟寮長が先んじてくれた。

「私が知っている事柄は、どこまで公にしていいものか怪しい部分もあるから、そこは確認を取ってから記事にしてください……いいわね？　まず昨年五月に起こった脅迫事件だけど、これは、被害者が気まぐれを起こして撮った自撮り写真をきっかけに発生したものだった。犯人を含む三名のグループが、被害者がきわどい写真を撮っている場面に出くわして、自分たちも参加しなかったら、そもそも脅迫材料が存在しなかった事件なのよ」

身を縮こまらせている小花さんを一瞥した後、寮長は励ますように微笑んだ。

「二つ目の美術準備室における傷害事件に関しては、計画的な犯罪だったとしても筋は通る。けれども三件目の足跡事故死事件。あれは計画や操りなんてものの介在する余地はない。漏れ伝わってくる情報によると、自業自得で死を迎えた男の遺体付近に、たまたま彼を陥れようとした生徒の偽装工作が重なっただけという構図のようだから」

寮長に視線を向けられた水間先輩は口笛を吹いた。

「いやあ、ずるい生徒もいたもんすねえ」

「一件目と三件目は操作不可能。黒幕が介在したとは思われない。すると二件目のみ、

Mのように犯人に悪意を吹き込んだ人物がいたという結論になるのかしら？　でもね、動機に創作に関する意識の違いが関係していたらしいこの事件で、犯人の美術部員を最も上手く操れる人物といえば、順当に考えて、美術部顧問のはず」

「おーい。それって私のことじゃねえか」

大げさなポーズでソファーへのけぞる蛾尾先生に、寮長はウインクする。

「ところがよ。一連の事件に黒幕が存在するのでは？　なんて疑念を、この場で表明した人物こそ、当の美術部顧問だったりするわけ。本当に蛾尾さんが黒幕なら、やぶをついて蛇を出すとは信じがたい……結論、一連の事件に、黒幕は存在しない」

「しかし三件の事件が、まったく無関係というのも不自然じゃないか」

弁護してもらった蛾尾先生が、なぜか突っついている。真剣に討論するというより、議論を楽しむ風だ。

「各事件の犯人もしくは首謀者が、揃って三十年前のオマージュを思いついたというのはどうも……」

「利点があれば、揃って同じ発想になる。いもしない黒幕のせいにできるという利点よ」

真舟さんの指摘に、蛾尾先生は感心するように息を吸い込んだ。

「一件目は、偶然。二件目の犯人は、約四ヵ月前に発生した事件のロケーションを顧みて、美術室やその周辺で手を下したら、存在しない黒幕――Mの後継者のような人――が背後にいると匂《にお》わせて、いざという場合の自分の罪を軽減できるのではと期待した。

あるいは期待しないまでも、念頭にあったからこそ実行した。三件目の足跡偽装行為の首謀者も、一、二件目を意識していたからこそ、足跡という方法を選択した。そう解釈すれば、筋は通るわよね」

「首謀者でも発案者でもない私ですけど、そういう風に考える気持ちはわかりますね。私は違いますけど」

水間先輩はうんうんと頷いている。面《つら》の皮が鉄板だ。

話に聞き入っていた私は、真舟さんの視線がこちらを向いたことに気づき、うろたえた。うろたえたけれど、内心だけに留め、冷静沈着を装いコメントする。

「……私も、寮長ほど精緻《せいち》に思考を進めてはいませんでしたが、同じことを考えていました。寮長のお話に異議はありません」

寮長の唇が、妖艶な形にほころんだ。

「いやあ、白熱してきましたね――！」

水間先輩が手を叩いた。

「申し訳ない。熱中して、口を挿み損ねました。事件捜査に従事する人間として、気の利いたコメントでも加えるつもりでしたが」

錠伯父さんが嬉《うれ》しそうに頭を下げる。

「わ、でももったいないね。お高い紅茶が冷めちゃいましたね。お菓子も、皆さんお召し上がりください。最初にいただいちゃおっかな」

そう言って水間先輩はソファーから立ち上がり、目の前にあるカップの紅茶を飲んだ。

「おごえっ」

しばらくの間、誰もリアクションしなかった。このメンバーの中で前触れもなく「おごえっ」なんて奇声を発しそうな人間を一人選ぶならそれは水間先輩で、実際、奇声は先輩の喉から漏れ出た音だったからだ。

「ぐっ」

先輩がテーブルに突っ伏したとき、私はようやく、異常事態の発生を悟った。

「先輩、気持ち悪いんですか」

道端に落ちていたパンでも拾い食いしたのかと最初は思った。

しかし髪の毛を引っ張って頭を持ち上げると、白目をむき、口元にあぶくが垂れている。

「いけない、翔ちゃん。口の周りに触れないで」

錠伯父さんが太い声を出した。立ち上がり、私の腕を引く。私はゆるゆると先輩の頭を元に戻し、距離をとった。

「それから、各々紅茶にも、ケーキにも絶対に口をつけないこと」

「毒、ですか」

私はようやく事態の深刻さに気づく。ついさっき水間先輩が飲んだ紅茶のカップには、まだ半分以上、中身が残っている。

「まだわからない。たちの悪い食中毒が発生しただけかもしれないけれど、いずれにせよ、同じものに口をつけない方がいい。とにかく救急車を」

「受付に伝えてきます！」

小花さんも立ち上がり、部屋を出ていく。この部屋は大事な取材や会談にも使用されるため、受付とは離れた位置にあり、警備員の巡回頻度も少ない。内線も配備されていない。スマホで一一九番した方が早かったんじゃないかと考えていると、
がちゃり、と扉の辺りで金属音が聞こえた。

怪訝《けげん》な顔で入口へ向かった伯父さんは、ドアノブに手を伸ばした直後に「えっ」と声を上げた。

「施錠されている」

真舟さんと蛾尾先生が顔を見合わせる。

「こういう部屋って、内側から解錠できないのかしら」

「いや、ここは調度が高級品だから……鍵がなかったら、外側からしか開けられないんだ」

不埒《ふらち》な生徒や教職員が部屋にある品を盗み出してやろうと目論んだ場合、室内に身を潜めるという選択肢を封じるためだろう。伯父さんが何度動かそうとしても、扉はびくともしなかった。

「いや、よく考えたら鍵は中にあるはずじゃないか」

蛾尾先生が周囲を見回し、「ちょっと失礼」と水間先輩の制服をまさぐったが、すぐ

にかぶりを振った。

特別応接室は申請を出して許可を得た後、代表者が応接室のある棟の受付で鍵を借り受ける運用になっている。

この場にいる新聞部員は水間先輩一人。普通に考えると先輩が鍵を管理しているはずだった。入口の横に鍵をかけるホルダーがあり、そこにぶらさがっているのを見た覚えがある。にもかかわらず鍵は見当たらず、外部から施錠されている。

「小花さんが施錠して、鍵も持ち去ったのか」

蛾尾先生が首をひねる。「どうしてあの子が」

私のスマホが鳴動した。ヴェルヴェット・アンダーグラウンドの演奏に合わせて、小花さんの名前が表示されている。迷わずフリックして、耳元に近づけた。

「もしもし小花さん？」

「ごめんなさいいいいい」

涙声だった。

「閉じ込めちゃってごめんなさい。弟が殺されちゃうんです」

……次々と飛び込んでくる強烈な情報を脳みそが消化できない。

「落ち着いて小花さん。なにがあったのか順を追って話して」

自分を棚に上げて要求する。残る三名も、私の横で聞き耳を立てている。

「朝、知らないアドレスからメールがあって、弟の後ろ姿の写真が貼り付けてあったんです。弟、小学生で、まだ幼稚園みたいにちっちゃくて」

声が冷える。

「通学路で弟の後をつけていたみたいです。これから伝える指示に従わなかったら、弟をひどい目に遭わせてから殺すって」

「指示というのは？」

「今日の取材で、水間先輩が倒れたら、鍵をこっそり持ち出して、外から皆さんを閉じ込めろって。それから、メッセージを電話で伝えろって」

今から言います、何度訊き返してもＯＫです、と前置きした後、深呼吸の音がした。


「これは時夜翔に対する二代目Ｍの挑戦状である」

「特別応接室内の紅茶が注がれたカップには、一つを除いて致死性の毒物が投入されている。この毒物を摂取した場合、数時間で死亡する」

「時夜翔は、カップの中から一つを選択して飲み干すべし」

「小花早季は、飲み干されたことを確認した上で、特別応接室を解錠可能」

「解錠されない間、以下の行為を禁止する。①小花早季以外の人間が解錠すること、②鍵を使用せずに特別応接室を脱出すること、③このメッセージに関連した出来事を、外部の人間に知らせること、あるいは外部の人間が感知できるような事態を招くこと、④室内のメンバーと小花早季の動向を、二代目Ｍがどのような方法で監視しているかを調査すること」

「禁止事項に違反した場合、小花早季の弟・淳太《じゅんた》をはじめとする、関係者の日常生活圏内に同じ毒物を散布する」

「付記：禁止事項に反しない限り、特別応接室内部から小花早季へ指示、質問を行うことは違反行為ではない」


「二代目Mだってさ」

蛾尾先生が真舟さんの肩に手を回す。

「黒幕なんて存在しないって結論じゃなかった？」

「Mの後継者を名乗っているだけで、糸を引いていたとは限らないわ」

寮長に動じる様子はなかった。

「それより、気がかりなのは水間さんよ。今の話を聞く限り、数時間は保《も》つようだけれど、それまでにお医者様に見せないと」

「うごごごごごごご」

私と真舟さんで先輩をイスから下ろし、床のじゅうたんに横たわらせる。この体勢の方が、呼吸がしやすいだろうという判断だ。いびきともうなり声ともつかない気持ち悪い音を出しながら、新聞部部長は白目を見せたままだった。

「つまり私が」

問題を先送りにはできない。テーブルの上に並ぶカップを指して、事態を再確認する。

「この中の一つを選んで、飲んだらいいわけですよね。それで解錠できる。先輩を病院へ連れていくことが可能になる」

確率は五分の一。五分の四を引いてしまった場合、水間先輩と同じ目に遭い、生還は保証されていない。

このゲームに乗らない、という選択は、この時点でもう存在しないように思われた。可能性としては、小花さんこそが二代目Mであるとも考えられるけれど、二代目Mが、無関係の人間に平気で毒を飲ませる外道であることは、「おご、おご」と別バージョンの音を出し始めた水間先輩が証明している。だったら、大声を出したり、扉を蹴《け》ったりして強引に外へ出る方法を採るべきではない。

すると考慮するべきは、考えてから飲むか、考えないで飲むかの二つ。

「さっさと飲んじゃいましょうか」

私がさらりと言うと、三人は険《けわ》しい表情を見せた。年少者をたしなめる顔だ。

「翔ちゃん、さすがにそれは短絡的すぎる。なにかあったら、妹に顔向けできない」

錠伯父さんが親族ならではの気遣いを示し、

「毒物の影響には個人差もあるからな、水間さんがまだ生存しているからといって、予断は禁物だ」

蛾尾先生が冷静な見地から反対意見を述べ、

「名指しされても、あなたが焦る必要はないのよ。遊さんの親族とはいえ、あなたはまだ高校生なんだから、背負い込まなくていい」

真舟さんは年長者の労《いたわ》りで翻意を促してくれた。

ありがたい。実際のところ、私は五分の一のギャンブルに挑《いど》むつもりなんてまったくない。全然ない。けれども私が飲み干すように指定されている以上、正攻法で脱出するためには私が実験台になる他にない。すると結局、私の虚飾が壁となって立ちはだかる。自分で評価する限り、私にこの挑戦を受け止める推理力は備わっていない。足跡の事件を先に解決していた（らしい）錠伯父さんや、大叔母さんの助手だったという真舟寮長に任せた方が、勝ち目は出てくるはずだ。蛾尾先生も、これまでの発言を聞く限り、頼りにできる。

そこで仲のいい（仮）先輩が死に瀕《ひん》している状況に際して、冷静さを失っている振りをする。名探偵とはいえ、人生経験に乏しい若者なのだから、そのくらいなら皆も同情してくれるだろう。私の代わりに、伯父さんたちが正答のカップを導き出してくれる流れに持っていきたい。

「しかしですね、水間先輩の命もかかっているんですよ。見てください、あの無残《むざん》な有り様を」

「おごう、おごう、ぼえええええええ」

また奇声を発している先輩に少しだけ視線を移してから、私は悲痛さを演出するように目を伏せた。

「どのカップを選ぶべきか迷っているうちに、手遅れになっちゃうかも。そもそも、この五分の一クイズが、フェアなものだという確証はどこにもないわけじゃないですか。いくら知恵を絞っても、証拠なんて見つからないかも。だったら、早めに手を打った方がいい」

よし、ここまで焦っているみたいに見せかけたら、同情して代わりに知恵を絞ってくれるだろう。

「いや、ある程度公正なクイズだとは思うよ」

そう期待していたら、錠伯父さんが風向きを変えた。

「二代目Mとやらが一連の黒幕なのかどうかはわからないけれど、少なくともMの後継者を名乗り、翔ちゃんに挑戦している以上、その目的は君の名声を失墜させることだろう。そう考えるとさ、まったくヒントのないあてずっぽうのクイズを出題してくるとは思えない」

まずい。

「翔ちゃんが正答を読み間違えたとき、『こういう解決方法があったのに、時夜翔は気づくことがなかった！』と喧伝することで、その目的は果たされる。だから、あのカップの中から、無害な一つを探し出す方法は、きっとある」

とても、とてもよろしくない。

「これまでだって、難事件を解き明かしてきた翔ちゃんならできる。自棄《やけ》にならず、頑張って！」

その眼差しは、名探偵・時夜遊の後継者を信頼しきっている。他の二人も同じだった。


とうとう、このときが訪れてしまった。

遺骨回収が始まり、滝周辺への立ち入りが禁止されてなお、私はいよいよとなればなんとかなる、なってほしいと願っていた。

遺骨が回収されたところで、師匠が確実に成仏できるとは限らない。

立ち入り禁止になっても、警備員の数が減る夜間であれば、封鎖をかい潜って師匠に会いに行ける。

だが、この二つの希望的観測が意味をなさない事態が訪れるなんて、さすがに予想外だ。

この部屋に閉じ込められたまま、師匠の推理を仰ぐ方法は皆無。仮に完璧な口実を思いつき、小花さんにスマホを持たせて滝へ向かわせたとしても、師匠の声も、姿も中継できない。記録も不可能だ。

年貢の納め時、というやつだろうか。この慣用句を自分に当てはめる日が来るとは思わなかった。私は偽物の名探偵なんですと自供すれば、どこかで様子を窺っているだろう二代目Mは、納得して解放してくれるだろうか。

それとも、奇跡を信じるべきか。これまで師匠に教わったあれこれを活《い》かし、見事、自力で探し当ててみせようか。

視線が追い詰めてくる。目を逸《そ》らす。今度は、水間先輩の白目と目が合った。ああ、まったく、どうしたら。

そのとき脳裏をよぎったのは、別れ際の師匠の言葉だった。

「皆に謝らなければならないことがあるんです」

覚悟を決し、私は深刻な面持ちを作って切り出した。

「私は、皆に尊敬されているような名探偵なんかじゃないんです。ただの小利口な、虚栄心の塊なんです」

「何を言い出すかと思ったら」

真舟寮長が戸惑うように髪をかき上げた。

「これまでに、難事件を三つも解決してきたじゃないの。結果を出しているのだから、あなたは間違いなく名探偵よ」

「確かに、解答はお見せしています。でも、時間がかかりすぎていると思いませんか。大叔母の遊は、大半の事件で、報告を受けてすぐに解答を導き出したそうですね。私はそうじゃなかった。相談されてから、答えを出すまでに数時間、場合によっては翌日までかかっている」

「そんなのは、解決したという事実に比べたら誤差も誤差じゃないか？」

穏やかな声を出す蛾尾先生に、ぶんぶんと首を振る。

「その数時間が問題なんです。どうしても数時間かかってしまうんですよ。この状況だと、それは致命的でしょう?」

「それはあくまで統計で、翔ちゃんの実力なら、すぐに解決できる可能性もあると思うけどなあ」

「数時間は、私にとって地獄の数時間なんですよ。事件の概要を教えてもらってから、何度も何度も頭の中で情報を反芻《はんすう》して、突破口になりそうな違和感を見つける頃には疲《ひ》労困憊《ろうこんぱい》しています。さらにその違和感から真相を導き出すわけですが、毎回、もう自分の脳みそからはひとかけらの知恵も湧いてこないってレベルまで追い詰められてしまう。推理の最終段階で、いつも雷辺の滝を訪れるのは、大叔母に思いをはせて精神を集中するなんてのんびりしたものじゃあないんです。もし答えが出てこなかったら、滝壺に飛び込むしかないっていう背水の陣なんです」

「時夜さん、あなたがそこまで思い悩んでいたなんて」

寮長が息を呑み、残る二人も言葉を失っている。

私は本当のことを語っている。

八十パーセントくらいは。

この期に及んで、亡霊の件は暴露しない。自分では推理なんてしていないと白状もしない。師匠は助言してくれた。

「あなたの基本理念に従いなさい。不格好でも卑怯でも、あなたのスタイルを貫きなさい」

すべてぶちまけるのも、自分の推理力に期待するのも、私の信条じゃない。その場しのぎで嘘を重ね、他人に頼るのが私のスタイルだ。どんなに低俗でも悪辣でも、この手を、押し通す。

「伯父さん、寮長、蛾尾先生。自分が張りぼてであることをお伝えした上で、恥を忍んでお願いします」

すべて打ち明け終わったような顔を作って、私は三人に呼びかけた。

「私は名探偵・時夜遊には遠く及ばない不出来な後継者です。でも、だからこそ、格好悪くても、情けなくても、友達や、大事な人たちの命だけは救ってみせたい。私一人では手遅れになるかもしれないけど、お三方の力を借りたら、先輩の命をつなぐことができるかもしれません。知恵を貸してもらえませんか」

話し終える前から返事はわかっていた。立派な大人三名が、現実と理想のギャップに苦しむ少女の求めを無下にするわけがない。

「水臭いなあ、伯父さんがノーと言うわけないだろう？」

「時夜さんが自分のことをどれだけ卑下しようが、私は確信しています。あなたの志は、大叔母様に決して見劣《みおと》りしませんよ」

「これまで功績を上げてきたのは紛れもない事実。雷辺の人間なら、その恩に報《むく》いないわけないだろ？」

よっしゃあ！

心の中でガッツポーズをとる。今回は、この三人が亡霊のピンチヒッターだ。

カップそれぞれの水面ぎりぎりまで鼻を近づけ、おそるおそる息を吸い込んだけれど、皆、同じ香りだった。まあ当然だろう。こんなことで区別できるなら、挑戦も何もない。

ここからの流れで最も望ましい形は、私がいい感じに見出したヒントを元に、他の三人が協力して正答を導き出してくれるという展開だ。私一人で推理なんて、絶対に無理。とはいえ貢献がゼロというのも名探偵の沽券にかかわるので、手がかりを拾い上げるくらいの活躍はしておきたい。それくらいなら、自分に期待しても傲慢じゃないだろう。これまでだって、すべての事件で、私の眼力が役立っているのだから。

いや、すべてじゃなかったっけ。足跡の事件は、基本的に伯父さんがお膳立てをしてくれたから、私の視点は関係ない。でも美術準備室の事件に関しては、間違いなく私のお手柄だ。最初の脅迫事件は……ううん、必要と思われる情報を亡霊に伝えたとはいえ、意識して取捨選択していたとは言いづらいかもな……あれ、三分の一？　私の眼力が貢献した事件って、一つだけ？　いやいや、考えないようにしよう。大事なのは今なんだから。この場で、「名探偵なのになにもしなかった」と評価されない程度に活躍できたらいい。

「誰かメモ用紙持ってる？　あ、新聞部なら用意して当然か」

部屋の隅に置いてあった水間先輩の鞄を開き、ボールペンとノートを取り出しているのは蛾尾先生だ。

「時夜、スマホで小花さんを呼び出してくれ」

先ほどかかってきた電話は、すでに切れていたので、かけ直す。応話表示が出てすぐに、先生に替わった。

「二代目Mからのメッセージをもう一度教えてほしい。何度聞き返しても構わないって話だったよな」

美術部顧問は、ノートの空白部分に項目を記していく。

「何気ない語句や言い回しに、重大なヒントが隠されている可能性もあるからな。文字にしておいた方がわかりやすいだろう」

小花さんには、すぐに電話を切ってもらった。互いに、大事な局面で充電を切らさないためだ。

蛾尾先生が文面とにらめっこしている間、伯父さんと寮長はテーブルの上のカップに視線を注いでいた。

黒楽焼のカップとソーサーのセットはどちらもシンプルなデザインで、表面に小さい粒のような膨らみが点在している。二人はそれぞれ自前のスマホを持ち出し、至近距離から静止画像を撮り始めた。

「モールス信号でしょうか」

私が思い付きを口にすると、

「今のところは、違うっぽいね」

伯父さんはまじめな顔で答えてくれた。

「この陶器の粒々に、暗号の類いが隠されているのではって発想は、僕も思いついた。でも、こういう粒々って、製造過程でそこまで制御できるものだろうか」

「確かに、ドキュメンタリーとかで、焼き具合が気に入らない陶器をたたき割ったりしてますね。コントロールできるなら、そこまでしなくていい」

手つかずのまま置いてある五セットのカップアンドソーサー。それぞれを見比べると、粒々の数や位置は均一ではない。

「数の一番少ないカップが、正解とか」

呟いた真舟寮長は、すぐに手を振って打ち消した。

「いいえ、ダメですね。反対に、一番数が多いカップとも考えられる」

「その辺りは悩みどころですね」

カップとソーサーを一つ一つ持ち上げ、下のテーブルに何か記されていないかチェックしているらしい伯父さんは、

「カップを一つ選択させる以上、他の毒入りカップと区別させるための顕著ななにかが用意されているはずですが、これがそうでは、と見当を付けたとして、その特徴が正答であるという保証がない」

「偽のしるしが、複数用意されているとお考えですか？」

訊きながら、寮長はソーサーの裏側を確認している。

「それもあり得るでしょうが、こちら側で勝手に勘違いしてしまうケースの方がやっかいですな。これが正解マークだと思い込んでしまったら、犯人の策略を見抜く以前の問題です」

結局、テーブルにも、カップとソーサーの裏にもそれらしい手がかりは見当たらなかった。

「特別な化学反応とか？」

私は二つ目の思い付きを投げてみる。

「例えばです、この応接室にある色々なものを科学的に調合して、それをカップに振りかけたりしたら、一つだけ『正解』と浮き出てくるなんて仕掛けが施されているのかもしれません。これなら、こっちが勘違いする余地はないですし」

「いや、それはないと思う」

伯父さんにきっぱりと否定されてしまう。

「さっきも少し話したけれど、この犯人は、翔ちゃん、君に挑戦している。仮にこの問題の正答を導き出す方法が、今話したみたいに特別な科学知識を必要とするもので、ノウハウを持ち合わせていなかったために、猛毒を選んでしまったとする。その事実が広まったところで、ほとんどの人間は、君が二代目Mに敗北したと判定するだろうか？

『そんな解き方、わかるはずがない』『二代目Mは、人命を盾にして、絶対に解けないクイズを名探偵に強いたんだ』そんな感想が囁かれるはずだよ。それでは、君に勝ったことにはならないだろう」

視線を移動させると、蛾尾先生はさっきからノートに記した言葉を睨み続けている。

「つまり、正答を知る方法は、すごく簡単なルートかもしれないって話ですか。ちょっとした閃《ひらめ》きや、発想の転換でたどりつけるような」

私の要約に、そうだと思う、と伯父さんは頷いた。それから気遣わしげに水間先輩を眺めやる。

「その閃きが、時間切れまでに降りてきてくれたら助かるんだけどね」

一時間が経過した。床に横たわる水間先輩は、白目を閉じて、すやすや寝息を立てている。一見、小康状態に思われるものの、時々「おごもごも」とか「ががずかり」とか奇声を発するため気が休まらない。メッセージを信じる限り、まだ猶予はありそうだけれど、毒の効き具合は個人差も考慮すべきだから、楽観視はできない。

それから、試すべき要素はすべて検討した。

まずケーキをすべて分解した。単純な発想でも、中に正解のカップを示すクジのようなものが埋め込まれていないか確認したかったからだ。さらに、テーブルやソファーの裏側を凝視して、絨毯《じゅうたん》をめくり、床にメッセージでも記されていないかチェックしたけれど、結果は空振り。どこにもヒントがない。

頭を抱えたくなる。この一時間、私はまだ、建設的な提案をしていない。他人任せにしているとはいえ、限度というものがある。私は焦りを覚え始めていた。

多少は口を挿むことができるように、考えろ。外観に際立った違いがない五つのカップの中から、どれを選ぶべきなのか。

例えば部屋のどこかから、カップの並びを○で示した紙切れが見つかり、一つだけ異なる色で示されていたならば、そのカップが正解だと判断できるだろう。要は、そのカップが特別だと教えてくれる何かが隠されているはず。そうでなかったら、フェアな挑戦とは言えない。まあ、罪もない人間を脅し、部屋に閉じ込め、毒物を飲ませるような相手にフェアを期待する方が間違いなのかもしれない。ただ、正解探しに関してはフェアを通すのではないかという伯父さんの推理にも頷けるところはあった。

「おうおうぎごごご。認められません……認められません」

先輩が唸《うな》る。珍しく、意味がわかるうわごとだった。

「そんなはした金を積まれても……記事の取り下げはしません」

どんな夢を見ているのだろう。権力者に記事を隠蔽するよう買収を持ちかけられているシチュエーションなんだろうか。夢の中でも権力に屈しないなんて立派だな。

「今の五倍提示していただかないと……取り下げできません」

立派じゃなかった。案外、余裕あるな……

「先輩、こっちはあなたを助けるのに必死なんですから、静かにしてください」

あれ？

そのとき、私は頭の中にノイズをキャッチした。

何かがおかしい、何かが嚙み合わないという感覚だ。美術準備室で、ドラクロワが、あのイーゼルが回転していると気づいたときの違和感だ。

「水間先輩は、ここに並んでいた紅茶を口にして、中毒症状を起こしましたよね」

当たり前の事実を振り返る。ノートを眺め続けていた蛾尾先生も、カップを睨んでいた寮長も伯父さんもこちらを向いた。

「犯人は、ただ私たちを閉じ込め、小花さんにメッセンジャーを押しつけるだけじゃなく、デモンストレーションとして、毒物被害を発生させた。でもこれっておかしくないですか？　メッセージの文面を信じる限り、カップの中に、一つだけ無害なものが含まれているわけですから」

リアクションできないのか、三人共、表情が固まっている。無理もない。私もついさっきまで見落としていたのだから。

「水間さんが無害なカップから紅茶を飲んでしまった場合、犯人はどうするつもりだったんでしょう」

確かに、と寮長が掌であごを触った。

「その場合、正解が消えてしまうわけだから、成り立たなくなってしまうわね、この企画」

「さらに言えば、挑戦状の対象である時夜さんが、最初に紅茶を飲んでいた可能性もゼ口じゃあない」蛾尾先生は付随した問題点を取り上げる。「毒薬の脅威をアピールしたかったら、最初に、時夜さん以外の誰かが、毒薬が入っているカップに口をつける必要があるわけだ。水間さんは自然の成り行きで紅茶を飲んでいたように見えたけど、犯人はどうやって彼女を誘導したのだろう」

「誘導していないとも考えられる」伯父さんが見解を加える。「最初から、水間さんはすべて承知の上で、毒物入りの紅茶を飲んだんじゃないか」

「まさか、水間先輩が犯人？」

私は横たわる先輩の元へ近づき、頭を持ち上げて顔面に右左・左右とビンタを食らわせた。

「先輩が黒幕なんですか？　二代目Mなんですか？　答えてくださいっ」

「だから触るのは危ないって」

伯父さんが割って入る。「彼女が犯人というのは考えづらいんじゃないかな。いくら覚悟の上とはいえ、挑戦状を突きつけた相手の前で、意識不明に陥るというのはリスクが高すぎる。演技をしているようにも見えないしね」

「だったら、小花さんと同じですか。脅迫されて、仕方なく従っている『仕掛け人』だと？」

「その解釈が妥当だろうね。毒物をカップに入れたのも彼女だろう。確証はないけど」

「確認できるかもしれない」

蛾尾先生が、ノートを示して言った。

「付記の文面がさ、なんか臭いと思うんだよ」

「付記：禁止事項に反しない限り、特別応接室内部から小花早季へ指示、質問を行うことは違反行為ではない」

「わざわざ質問を可と規定しているところが気にかかる」

自分で書き留めたメッセージを、蛾尾先生は何度も指でつっついている。

「今まで余裕がなかったから訊いていないなかったけれど、直接犯人が働きかけてきた小花さんに対して、私たちが色々と質問したいと考えるのは当然だよね。本来なら、些細な手がかりでも与えないために『質問するな』と釘を刺してもおかしくないはず。それなのに二代目Mは、あえて質問してもいいと表明している」

「意図的に、重要な情報を教えているという意味？」

寮長の要約に、蛾尾先生はその通り、と胸を張った。

「私たちの推理が一定の段階まで進行した時点で、その方向は正しいと太鼓判を押す役割を担わされているのかもしれない。まあ、訊いてみたらわかるよ」

ワンコールで応話してくれた小花さんに、蛾尾先生は質問を投げかけた。

「答えられるようなら教えてほしい。水間さんも、小花さんと同じく、犯人の仕込み要員だったのか？」

間髪容《い》れずに答えが返ってきた。

「その通りです。水間先輩も、犯人に命令されていたんです。カップに入れた毒を、タイミングを見計らって飲むのが先輩の役目でした」

「君と同じように、家族を人質に取られていた？」

「それは聞かされてません。水間先輩と打ち合わせをする機会があったわけでもないんです。水間先輩の役割だけ教わっていました」

「今、小花さんは私の質問に答えてくれた。それ以外に、犯人から『この質問にはこう答えるように』と指示されている事柄は？」

突然、黙り込まれてしまった。

それが答えになっていると解釈するべきだろう。ある。あるけどそれを明言できないということだ。

「ありがとう、これ以上は突っ込まないよ。またかける」

終話した蛾尾先生は、私たちの顔を見回した。

「さて、ここからどう攻めるべきでしょう」

なんて答えたらいいのか困る。水間先輩が小花さんと同じ仕掛け人ポジションだったという点には納得がいった。

常識的に考えて、薦められなかったら紅茶にもケーキにも手をつけない。今回の取材では、取材を担当する水間先輩が主催者の立場で、ケーキも紅茶もこの人が用意した。当然、先輩からお召し上がりくださいと言葉がなかったら、誰も口をつけなかったはず。先輩が仕掛け人の一人なら、自分をトップバッターにするのは簡単だろう。

「水間さんがどう関わっていたかが明らかになった。この事実から、何につなげるかという問題ね」

寮長の顔は、アイデアがないと言いたげだった。回答の許可を小花さんに与えていた以上、この事実がカップの特定につながるステップであることは疑いようがない。けれども、何につながるステップなのか見当がつかないのだ。

「水間先輩も犯人の仕込みだった。手先だった。承知の上で毒を飲んだ。その事実から特別なカップを選ぶには、どうしたらいいか——」

呟いていると、目の前にいた伯父さんが手を叩いた。

「いや、見つかったじゃないか」

「何がですか」

「特別なカップだよ。大差ないように見えたカップの中で、明確に区別されている一つだ。水間さんが口をつけたカップこそ、それなんだ」

三十秒くらい、言葉の意味が呑み込めなかった。

この部屋の中にあるカップは、他のカップと比べて、唯一無二の特徴を持つものは一つも見当たらないと思っていた。しかし、あった。一つだけあった。

水間先輩が選んだカップは、その中身を飲んだ先輩が意識を失ったという結果があるからこそ、他のカップとは区別できる。

いや、しかし、区別できるけど……

「思い返してみると、このカップが無事なのは不自然じゃないかな」

伯父さんは中身が半分以上残った器を指さした。

「毒物を摂取して、すぐに異変が起こったのに、カップを取り落としもせず、中身がこぼれないようにきちんとテーブルに置いてある。これは、カップの中身を残せと指示されていたからじゃないか?」

「いやいや、先走らないでください」

私はつっこみを入れる。

「このカップが特別だからといって、何も解決しませんよ。飲んだ先輩があんな風になってます。私が飲んでも、同じことになる。メッセージだと、無害なカップがあるって言ってるじゃないですか」

「いや、違うみたいだよ」

蛾尾先生が感心するように高い声を出した。再びノートを開いている。

「特別応接室内の紅茶が注がれたカップには、一つを除いて致死性の毒物が投入されている。この毒物を摂取した場合、数時間で死亡する」

本当だ。「一つを除いて致死性の毒物が投入されている」と告げるのみで、「無害なカップ」とか、「何も毒物が入っていないカップ」とは言ってない。

するとと水間先輩の飲んだ分が比較的毒性の低い、致死性のない毒物で、他のカップに致死性の毒物が投入されているという理屈も成り立つ。

「あと、ここら辺の表現も気になるな」

蛾尾先生は書き留めた三つ目の項目を私に示した。

「時夜翔は、カップの中から一つを選択して飲み干すべし」

カップの中から。元々テーブルにあったカップは六つ。そのうち一つに先輩が口をつけ中毒を起こしたため、選択対象は、残り五つだと思われていた。しかし先輩のカップを含めた六つだと解釈しても、この表現とは矛盾しない。

「理屈は通ります。通りますけど、あと一手ほしいです」

先輩のカップに手を伸ばそうとするけど、まだふんぎりがつかない。

すると蛾尾先生が、また小花さんに電話をかけた。

「小花さん、質問に答えてほしい。水間さんが口をつけたカップの毒物、あれの詳細を教わっているか」

安堵するような深い息の後で、返答があった。

「菌類の粉末です。センボンサイギョウガサっていうキノコを乾燥させた上に、即効性を付与する調剤を施したものだって」

私のスマホで、すぐに検索する。ネット菌類事典、ネット事典、危険菌類事典——表現こそ異なるものの、どの情報媒体にも、「苦痛や幻覚・昏睡状態を伴うが、重症化・死亡事例はまれ」と記されていた。

「ありがとうございます」

私は先輩のカップを取り上げる。

正解にたどりついたというのに、大人たちは浮かない表情だ。死に直結しないとはいえ、私みたいな可憐な少女が苦痛を引き受けることを憂いているのだろう。それでも、この方法を採らなかったら、小花さんの弟や、私たちの知り合いがどうなるかわからない。私が飲み干すしかないとわかっているから、止めようとはしないのだろう。

まあ、案外大丈夫なんじゃない？

床に横たわる水間先輩は、現在、すやすやと寝息を立てている。すでに症状が治まりつつあるのだろうか？　口にする直前、いかにもつらそうなリアクションを見るよりはありがたかった。個人差もあるだろうし、私の場合、意外に楽勝で終わるかも。

「では、色々後始末はお願いします」

そう言って、私はカップの残りをすべて飲み干した。

全然楽勝じゃなかった。

医務室のベッドの中、身体を丸めている。

頭蓋骨《ずがいこつ》と脳みその間でシンバルを鳴らされているみたいに、ぐわんぐわんと不快だ。

救急車のサイレンが近づいてきたけれど、すぐに遠ざかった。この音は、記憶か、現実か。はっきり覚えているのは、救急隊員が私と水間先輩を診てくれたこと、医務室で胃洗浄を行った後、私はこの場で安静にしていれば問題ないとの診断を受け、水間先輩は入院が決まったという顚末くらいだ。

後は断片的にしか思いだせない。扉を開いた小花さんの泣き顔。胃洗浄のつらさ……本当にあれはしんどかった。将来、独裁者になったなら、拷問のラインナップに加えておきたいくらいに。

「お疲れ様」

錠伯父さんの声がした。

正直、誰とも会話したくないくらい不快だったけど、確認したい事柄もあった。

「小花さんの弟さんは無事ですか？」

「部下に保護させている。身の回りの食べ物や飲料水もチェックしたけれど、今のところ問題ないみたいだ」

「水間先輩の方は？」

「一時間前に意識を取り戻した。二代目Mに協力していた理由も話してくれたよ。実家が経営しているスポーツクラブのプールに、毒を流すと脅されたらしい」

それで毒のデモンストレーション役なんてポジションを引き受けたのか。意外だった。先輩にも、親族を気にかける心があったんだな……

後は何を訊いておきたかったかな。そうだ、残りのカップだ。

「私が飲まなかったカップ、全部、猛毒入りでしたか？」

「致死量を遥《はる》かに超えるシアン化カリウムが検出された」

「よかった！　他が安全だったら、悔《くや》しくて寝てられません」

「二種類の毒は、寮にある小花さんのメールボックスに、脅迫文付きで届けられていたそうだ……いや翔ちゃん、本当に済まなかったね」

伯父さんの声が弱々しい。ショックを受けているのか、受けているように見せかける作法なのかは区別できないけれど。

「別に構いませんから、両親にはいい感じでごまかしといてもらえますか」

家計を立て直すために頑張っている二人には、余計な心配をかけたくなかった。そもそも寮に入ったのはそのためなのだ。

「それと頼んでいた件はどうなりましたか」

「翔ちゃんを信じて大正解だったよ」

悪い大人の声色に変わる。

「入手先も、途上の監視カメラもばっちりだ。言い逃れは難しいだろう。包囲網は完成しつつある」

伯父さんが医務室を出ていってから、小一時間ほど眠っていただろうか。少し楽になったので身体を起こすと、ちょうど真舟寮長が部屋に入ってきたところだった。

「起き上がれるようなら、寮へ戻っても構わないそうよ」

外で養護教員と相談していたらしい。

「歩くのはたぶんまだしんどいです」

「それなら車椅子《くるまいす》を使いましょう」

初めて腰を下ろす車椅子は、想像していたより座り心地がよかった。後ろから寮長が動かしてくれるので、私は、身を委ねているだけでいい。医務室がある施設を出ると、もうとっくに日が落ちていた。

からからと音を立て、緩やかな勾配を登っていく。建物がまばらになった地点で見上げると、満天の星だ。ここに来るまで、私はこんなに美しいプラネタリウムを知らなかった。山間部に校舎を設けた数少ない利点の一つだろう。

軽く笑ってしまう。

こんなに嘘つきな私でも、星に感動する心を持ち合わせている。それが面白い。

皆、夜空を見上げるとき、自分の中にある星々を眺めているのだろうか。

しばらく内省を続けたい気分だったけれど、訊くべき事柄もあった。さっきから、車輪が時々、土に引っかかっている。舗装されていない道に差し掛かっているのだ。

「あの、真舟さん、この道、私の寮へ向かってなくないですか」

一瞬、車輪が止まり、また動き出した。

「正解。私たち、滝へ向かっているのよ」

「何しに？」

子守歌を歌うような優しい声が返ってきた。

「あなたを突き落とすためよ」

終章　月とナイフ

その車椅子は移動時の事故を避けるためか、足元と肘《ひじ》の近くに固定用のベルトが付属している。再び車輪を止めた真舟寮長は、まだ力の入らない私の両手両足にベルトを装着した。

「がちがちに拘束するんですね。レクター博士みたいに」

私が冗談を飛ばすと、寮長は鼻で笑い飛ばした。

「あなたはクラリス・スターリング捜査官でしょう。亡霊というレクター博士に頼り切りの、お粗末《そまつ》な捜査官」

「知ってたんですか」

意外だった。

「亡霊のことを把握してたなら、皆にばらせばよかったじゃないですか」

私は頑張って背後を振り返ろうとするけれど、無理な体勢をとれるくらいには恢復《かいふく》していなかった。

「暴露なんてとんでもない。私はただ、伝説を守りたかったのよ」

話が嚙み合わない。

「念のため聞かせてください。寮長が、二代目Mなんですよね」

「確かにそう名乗ったけれど、本来、私は単なる『観客』にすぎない。この素晴らしい物語を、愛でて愛でて愛で続けた単なるファン」

「今日のメッセージも、毒を用意したのも違う人なんですか」

「それは私よ」

ただでさえ毒でまいっているのに、頭が散らばってしまう。

「病人にもわかりやすいように説明してもらえませんか」

「そうね、あなたには最初から最後まで説明しておかないとね」

悪路を突き進む車椅子の前に、黒い影が立ちはだかった。その影が、丸い光に払われる。後ろで寮長が懐中電灯を点《つ》けたのだろう。影の正体は、「工事中・立ち入り禁止」の看板だった。

「フルコースみたいに段階を踏む話になるけれど、どうか退屈しないでね」

「まず最初に教えてあげる。時夜遊とMを殺したのは私なの」

前菜にしては重すぎる情報が飛んできた。

「逃走を図るMを大叔母が捕らえようとして、もみ合っているうちに足を踏み外し滝壺へ……そういう話だと聞いてましたけど」

「それは、遺された人たちがそう解釈しただけ」

軽蔑するような声だった。

「私は時夜遊の助手だった――と言えば誇大広告になるかもしれないけれど、時折、あなたの大叔母さんをサポートしていたのは本当。それと同時に、Mのスパイでもあった」

言葉に陶酔するような調子が混ざる。

「時夜遊と、M。真舟さんはどっちに惹かれていたんですか」

「はしたないことを承知で告白すると、両方よ。どちらも天才だった。遊は博愛の人で、Mは憎悪の人だった。自分にとっての特別を作らないという意味で、二人とも孤高だった。だから私は、遊の助手とはいっても、単なる便利屋にすぎず、Mのスパイといっても、ただの連絡係だった。Mはね、私に、遊の動向を逐一把握して、余すところなく報告するよう指示していたの。それ以外何も求めなかったのは、下手に手助けを命じて、足がつくのを嫌ったからでしょうね」

「自分が小物扱いだったことを、誇るみたいな言い草ですね」

「小物だからこそ、私は警戒されなかった」

小石を蹴り飛ばしたのか、かちんと音がした。

「あの運命の日、遊はMをこの滝へ呼び出した。当時はとくに名所扱いでもなかった場所だから、内緒話にはうってつけのスポットだったのでしょうね。学園内の事件に取り組むうちに、遊は、それぞれの犯罪の裏に潜む悪意を嗅《か》ぎ取った。その悪意がたった一人の人間から生み出されたものであることも見抜き、彼女を牽制《けんせい》する目的で滝へと呼び出した。名探偵・時夜遊の頭脳をもってしても、Mを逮捕に追い込む手がかりは手に入っていなかったから」

「最後の対決なんかじゃなく、宣戦布告みたいなシチュエーションだったわけですか」

「ええ、少なくとも遊はそのつもりだった。対するMの方も、遊の追及をかわしつつ、今後の対応を練るための糸口を探る目的で顔を合わせたのでしょうね。私は二人に黙って後をつけ、物陰で成り行きを見守っていたけれど、完全無欠の名探偵と、悪意の具現化のような犯罪者が対峙《たいじ》するあの瞬間こそ、いずれにも心惹かれていた私にとって、美の極致のように眩しい場面だったわ！」

でもね、と言って寮長は車椅子の前に回り込んできた。その瞳は暗い。

「私は考えてしまった。この二人にとって、今、このときこそが頂点なんじゃないかって。人間って、衰えるもの。天才だって、凡人へと転がり落ちてしまうもの。これまで犯罪に関してひとかけらの足跡も残さなかったMだって、あらゆる証拠を見逃さなかった遊だって、ある時点から下り坂にさしかかり、つまらないミスや手抜かりが原因で敗北を迎える未来もあり得る。そんなの、美しくないって思ってしまった。その前に終わってほしいと願ってしまったのよ」

だからね、と寮長は唇を動かした。口の形だけ笑っている。

「私が終わらせてあげたのよ。あの日、滝は水量が多くて、遊もMも、水たまりに足を踏み入れていた。二人が立っていたのは、足をもつれさせたら危険な場所だった。私は素早く走り寄って、水たまりの中に、護身用のスタンガンを差し込み、作動させた――Mも遊も、誰かが物陰で様子を窺っていることくらいは見抜いていたでしょうけれど、自分たちの運命までは読み切れなかった。自分で作動させた電流を浴び、気を失った私が目覚めると、二人の姿は消えていた。それから私は、丘を駆け下り、二人の『最後の対決』が相打ちに終わったと騒ぎ立てたのよ」

私がリアクションできないでいると、真舟さんは抑揚のない声で言葉を並べた。

「『――死は大半の人にとって挫折《ざせつ》である。しかし、奇妙なことに、それが挫折の死であればあるほどその人生は完全形をなして見える』。作家の山田風太郎《やまだふうたろう》が、織田信長《おだのぶなが》の死について語った言葉だけれど、言い得て妙よね。あの瞬間、遊とMの人生は、未完成というピリオドによって完成を迎えたのよ。私が完成させたの」

「まったく理解できない、とは言いません」

私は素直な感想を伝える。

「寮長にとって素晴らしい存在だった大叔母さんとMを、そういう形で終わらせたって理屈はわかりました。けど、私へのこの扱いはどうしてなんですか」

「名探偵と名犯罪者の物語は、最高の形で幕を閉じた。けれども私は、あるとき滝を訪れ、おそらく遊の一部と思われる骨に触れた結果、彼女の亡霊を目の当たりにした。それは、つまらない第二幕が始まる可能性を示唆《しさ》する出来事だったのよ。二幕ではなく二作目と言い換えるべきかしらね」

「もうちょっとわかりやすい表現でお願いできますか」

「あなたも経験があるでしょう？　傑作映画や小説、コミックを愉しんだ後で、この物語は、続編なんて作るべきじゃないって思ったことが。私にとって、遊とMの人生こそが最高傑作だった。続編なんて不要だった。それなのに、亡霊の存在は、くだらない続編を予期させるものだった」

「なるほどね。他の誰かが、大叔母さんの骨に触って彼女の亡霊と会話できるようになったら、名探偵伝説の続編が始まってしまう。それが許せなかったんですね」

「不細工な第二作は、私の予想を超えた形で始まってしまった」

真舟さんは私を睨み付けてくる。その目に浮かぶ憎悪が、私個人ではなく、彼女のおままごとに参加している私という役柄に対して注がれている気がして、気味が悪かった。

「時夜翔さん、あなたが入学したせいよ。私は、雷辺の滝を訪れた誰かが、いずれ遊の亡霊の力を借りて名探偵の真似事を始めるかもとは想像していたけれど、まさかその人物が、彼女の不出来な親族だとは思いもよらなかった」

「不出来で申し訳ありません」

棒読みで謝ったけれど、スルーされる。

「駄作の始まりは、去年の五月に発生した脅迫事件。生徒にとってはナイーブな事件だったせいで、被害者の小花さんは、警察ではなく名探偵の係累であるあなたに助けを乞いたいと言い張って譲らなかったのよ。当初は気の進まない風だったあなたは、精神集中という名目で滝に向かい、戻った後、事件の詳細を語った。私は確信したわ。時夜翔は、遊のような名探偵の資質を備え持ってはいない。亡霊となった大叔母の知恵を借りて、名探偵を装っているにすぎない詐欺師《さぎし》だって」

「なるほどね、あなたは見たわけじゃないんだ」

私が漏らした一言に寮長は眉をひそめたけれどすぐに興味を失ったのか、

「あなたが取り組む振りをしていた事件は、どれもこれも、かつて遊が解決した事件に比べると、格落ちと評するしかないものばかりだった。当然よね。Mのような優れたプランナーが存在しない、アドリブのような犯罪や隠蔽行為の繰り返しだったのだから」

「やっぱりこれまでの事件は、寮長と無関係だったんですね」

私は特別応接室で寮長の語った推理を思い返していた。それぞれの事件は偶発的に発生したもので、三十年前と共通の要素が見受けられたのは、存在しないMに罪を押しつけようとした結果だという推論だ。

「三十年前よりスケールダウンした事件を、先代とは比べるべくもない無能な探偵が解き明かす。こんな構図を私は認められなかった。だからこそ路線変更を試みたというわけ」

ここに来て、理解できない流れに変わったようだ。

「路線変更というのは、今日の毒薬騒ぎのことですよね。私たちを閉じ込めて、何の得があったんですか」

「工事が始まったから雷辺の滝へ出向くことは難しい。そもそも監禁された部屋から一歩も出られない。この状況で、謎の早期解決を強いられたとき、あなたが何を決断するか、私にはお見通しだったのよ。おそらく、亡霊の話は打ち明けない。せっぱつまった状態でそんな話を口にしたら、精神に異常をきたしたと勘違いされるものね。自分で推理しているというラインは守った上で、自分には大叔母のような才覚はなく、懸命な努力によって事件を解決してきたのだと中途半端に白状する。そうさせるよう、誘導するのが私の目的だった」

巻き込まれた水間先輩や小花さんにとっては迷惑すぎる話だ。それでも私は、この人の目論見《もくろみ》がなんとなく理解できるようになった。

「つまり、キャラクター設定ですか？　天才だった時夜遊と比較して、私に、『凡才だけど努力している探偵』というキャラ付けを行うのが目的だったと」

「わかってもらえて嬉しい」

「理解はしても、共感はできませんけどね」

「物語の第一作目で天才を主人公に据えた場合、二作目の主人公をどのような人物にするかは、とても難しい。天才を超える天才なんて、現実には存在しないもの。それならば、あえてグレードを落とす。事件も、探偵の頭脳もレベルダウンさせる。その代わりに暑苦しいものを加味すれば映えるのよ。第一作目は、天才探偵が難事件をいとも簡単にときほぐしていくスマートで鋭い物語。第二作目は、天才に憧れる凡人が、泥臭い努力の果てに天才に近づこうとする物語。これなら二作目の主人公が不出来でも、並べることで美しい絵図ができあがる」

頭が痛い。毒薬と、毒薬よりひどい動機を摂取したせいだ。

「大事な要素を忘れている。エンディングですよ。これから私を滝壺へ落としたところで、第一作よりきれいな終わり方にはならないじゃないですか」

傷を指摘したつもりだったのに、寮長はけろりとしている。

「心配しないで。美しい終わりにしてみせる。私も一緒に死んであげるから」

そこまで歪んでいたのか。

毒薬よりおそろしい空虚を垣間《かいま》見ている気分だ。

「遺書を用意してきたの。今回も含めて、四件の事件は私が計画したものだったという内容よ。二代目Mの役割を担った私が、二代目名探偵のあなたと共に滝壺へ消える……これで二作目も、美しい余韻と共に完結する」

「あなた、観客を自称してませんでした？　主演と一緒に死ぬ観客がどこにいるんです」

「面白くない物語を読んだとき、途中で本を閉じるでしょう？　テレビでつまらない映画を観たとき、途中で電源を切るでしょう。それと同じよ」

だめだ、破綻《はたん》している。

身動きの取れない私を車椅子に座らせたまま、真舟さんは目の前の看板を取り払い、滝への経路を封鎖している鉄柵も脇《わき》へ寄せている。

「工事の進行状況は把握しているのよ。遺骨が周辺の土砂に混ざっている可能性もあるから、ゆっくり、確実に進行させる手はずになっている。封鎖さえ解いてしまえば、滝への道筋はまだ残されているの」

さあ、最後のピクニックよ、と口にして、真舟さんは再び背後に回り、車椅子を動かし始めた。

「失敗でしたね。毒薬なんてものに頼ったのは」

私が呟くと、一瞬だけ車輪が止まった。

「しかもキノコの粉末なんてレアものを使うなんて。非合法のドラッグストアで調達したんですか？　それとも山にでも登ってきたんですか。どちらにしても、周辺で目撃されたり、防犯カメラに写っていたりしたらアウトですよ」

「それくらい理解している。足がついてもいいのよ。警察が私にたどり着くのが、私とあなたの死後だったなら、問題はない」

「最初から、疑われていたとしたら？」

車椅子のスピードが速くなった。

「もっと早い段階で、警察が真舟さんに照準を絞っていたとしたら？　真舟さんが毒キノコを入手するときも尾行されていて、そのときはあなたの意図をつかみそこねたとしても、今日の毒薬ゲームで結びついたかもしれませんよ」

「まさか。そこまで警察は優秀じゃない」

かわいた笑い声は、すぐに収まった。

ふいに前方が明るくなった。揺らめいているのは懐中電灯の光だ。寮長のそれから発したものではない。少なくとも十数個、最初は前、次に左右、そして私の目からは見えないけれど、たぶん背後にも輝いている。私と寮長は包囲されているのだ。

「こんばんは、真舟さん」

灯火と一緒に近づいてきたのは錠伯父さんだ。

「早速ですが、署までご同行いただけますか？」

真後ろで息を呑む音が聞こえた。

「どうして」

「五日前、ハイキングに出かけてますね。県南部にある果山《かやま》です。今日になって調べたんですが、あそこにはセンボンサイギョウガサの群生地があるみたいですな。その帰り道に、あなたは隣県の薬局に立ち寄っている。持ち込まれた毒キノコを加工して、即効性の高い脱法ドラッグに仕立てあげると愛好者の間で評判の業者です。締め上げたら、あなたに渡した粉末の正体を白状しましたよ」

「なんで」

ふいに、身体が浮き上がる。近づいていた警官数名が、私を車椅子ごと持ち上げ、真舟さんから遠ざけようとしているのだ。身体の向きが変わり、寮長の顔が見えるようになった。ホラーっぽく懐中電灯に照らし出されているその表情は、狼狽《ろうばい》と、疑問が絡み合っている。

「年始めの足跡事件で協力したとき、伯父に助言したんです。うちの寮長がなにかしでかしそうだから、目を離さないでほしいって」

「嘘をおっしゃい。年明けの時点で、私はまだ何の用意もしていなかった！」

叫んだ後、すぐに咳《せ》き込《こ》んだ。

「その段階で、なぜ私を警戒できるというの」

「知ってたからですよ」

私は当たり前の回答を口にした。

「あなたがMの元・協力者だって、私は知っていたんです」

「……あなたを見くびっていたわ」

すでに真舟さんは観念した様子だった。行動するための燃料が尽きたように身体がぐらついている。

「時夜遊でさえ、私とMのつながりを見抜くことはできなかった。その一点において、時夜翔、あなたは大叔母様を超えたと評価しても過言ではない。教えて、名探偵さん。あなたは、私とMの関係を、どうやって推理したというの？」

熱に浮かされたような真舟さんの問いに、私は申し訳ない気持ちになった。

「私は推理なんかしていません。ただ、教えてもらっただけです」

「あり得ない。私とMの関係を知っていたのは、私を除いてM、ただ一人だけなのよ。誰であろうと、あなたに伝えられるはずはない」

「だからですね」

混乱している真舟さんにもわかりやすいように、私はゆっくりと告げた。

「そのM本人に、教えてもらったんですよ」


三月十四日、学園のウェブページに、雷辺の滝周辺の護岸工事が間もなく終了するという告知がアップされた。

並行して行われる予定だった大叔母の遺骨調査についても、同時に打ち切るという。

当初の計画では、護岸工事が終わった後も可能な範囲で遺骨調査を続行すると聞いていたけれど、同時終了が決まったのは、遺骨がほぼ全身に近い状態まで回収されたからだ。

護岸工事の結果せき止められた流れの中に、泥に埋もれた横倒しの木があり、大叔母さんの身体は、その枝にしがみつくようにして絡まっていたという。ＤＮＡ鑑定の結果、時夜遊の亡骸であることは確実と判定された。名探偵・時夜遊は最後の瞬間まで生き延びようと懸命だったに違いないと、彼女の崇拝者たちは涙に暮れていた。遺骨は、指数本を除いてほとんど失われておらず、人徳が呼び寄せた奇跡だと語る人もいた。

私にとって意外だったのは、作業に従事した者の誰一人、大叔母の幽霊に出くわさなかったという顛末だ。それでも、よくよく考え直して納得した。普通に考えて、遺骨収集作業に参加する担当者が、発見した骨に素手で触るとは考えにくい。私が亡霊の骨に触れたときは、手袋なんてしていなかった。幽霊を感知するためには、素肌を接触させる必要があるのかもしれない。

ともあれ、ほぼ完全な白骨遺体が発見されたことで、予定は前倒しとなった。想定より費用がかからなかったため、他の遺骨も捜索してはとの意見も上がったようだが、今回の趣旨とは別ということで却下されたらしい。

翌日の早朝、私は久しぶりに早起きした。

時刻は五時半。薄暗がりの部屋で視線を動かすと、隣のベッドで水間先輩が寝息を立てている。胸元から足にかけて、昨日刷り上がったばかりの号外が散らばっている。

雷辺ウィークリー　二〇二五年　三月十五日号（号外）

・本紙記者体験談！　猛毒のキノコ粉末を摂取した場合の中毒・幻覚作用について

本当に逞しい……。雷辺ウィークリーの記事執筆は、卒業ぎりぎりまで続けると言っていた。

先輩を起こさないよう着替えを済ませ、寮を後にして丘を登る。もうすっかり後遺症も抜けて、足取りは軽い。

十分ほどで、滝へ到着した。

周辺の風景は、工事前と区別がつかないくらい、代わり映えのしないものだった。泥や砂、砂利の広がるスペースがコンクリートに固められてしまっているかと予想していたけれど、一見、そのままだ。ただしよく目をこらすと、砂利の下に、うっすらとコンクリートの土台が見える。土台には足を取られない緩《ゆる》さの溝も彫り込まれており、全体的に水はけをよくしてあるらしい。

辺りを見回しながら、私はどっちを期待しているんだろうと考えた。いなくなっていてほしいのか、留まっていてもらいたいのか。

「残念でした」

からかうような声が飛び込んできたので横を向くと、笑顔が見えた。世界すべてを見くだすような微笑みだ。

今では廃止されてしまった雷辺の教職員用制服。巻き毛気味の、腰まで伸びた長い髪。

私の師匠——雷辺女学園の大犯罪者、Mがそこに立っていた。

真舟さんはこの滝のどこかで遊の遺骨に触り、彼女の亡霊を見た。

その経験から、私がこっそり会っていた相手も遊の亡霊だと勘違いしたのだろう。

けれども、この滝で無念の死を遂げた人物は、大叔母さんだけではない。彼女の好敵手であるMもまた命を落とし、亡霊として長年、この滝に縛り付けられていたのだ。

昨年の五月、Mと初めて会った際、真舟の名前を出すと、彼女は嬉しそうに教えてくれた。

「真舟さんには、ここだけの話、私の助手というか、補佐のような役割をお願いしていたのよ」

その話を覚えていたから、私は寮長を警戒していた。捜査一課主任を務める錠伯父さんに恩を売ることができる機会が訪れたため、彼女を調べてもらうよう頼んだ。

その結果、毒薬事件をきっかけに彼女は逮捕された。

毒薬事件の夜、滝の手前。私の簡潔な一言で、真舟さんはすべてを理解したらしい。

「じゃああなたは、Mに教えを乞うていたというの？　遊を道連れにしたMに」

「それは皆が信じていた話で、実際に手を下したのは真舟さんですよね」

「それでもあなたを含めた全員が、遊はMのせいで命を落としたと信じていたはずよ。そうでなかったとしても、遊の宿敵のような存在だったMに頼んで、代わりに推理してもらうなんて」

「言いたいことはわかりますけど、それしか手段がなかったのだから仕方ないじゃないですか」

もし私が大叔母さんの遺骨に触っていたなら、そちらに頼っただろう。でも見つけられなかった。他に選択肢がなかったのだから、名探偵・時夜遊でも尻尾《しっぽ》をつかめなかった犯罪者——つまり遊と同等の知能を備えていると期待できる——Mを利用したって構わないはずだ。

「信じられない。名探偵の一族が、大犯罪者に助言を求めるなんて！」

「すみません、この人、動揺しているみたいです」

こんな大勢の前で喋らないでほしい。予防線を張るため、私は伯父さんの方を向いて言った。

「意味のわからないことばかり口走ってます。あの毒薬、自分で吸い込んじゃったのかも」

「あー、もういいですよね。連れていけ」

参ったなあ、と頭をかきながら、伯父さんは配下の人たちに命じて、真舟さんを丘の下へと促した。一人の刑事さんが私の車椅子を押し、寮長から少し遅れたペースで付いていく。

「プライドってものがないの、あなたには!?」

こちらを振り向いて叫ぶ真舟さんに、今だけはまじめに返事することにした。

「プライドってなんでしょうね」

私はさらりと話す。

「人間にとって、個人にとって一番必要なことって、やっかいごとに対する解決能力だと思うんです。もちろん、誰から見てもベストな方法で突破できたら爽快でしょうけれど、贅沢は言ってられません。とにかく解決してみせる。結果を提示してみせる。それこそが人間の本領ってやつで、プライドと呼ぶべき最優先事項だと思いませんか」

しばらく沈黙した後で、疲れ切った声が返ってきた。

「時夜翔さん、あなたは怪物よ」

「どうでしょうね」

何の話をしているのかわからない風の伯父さんたちに内心で謝りながら、私は思うままを伝えた。

「怪物って、駆除されたり、檻《おり》に放り込まれたりするものでしょう？　あなたと私、これからそうなるのはあなたの方です。それがすべてじゃないですか？」

「なんだか、真舟さんには気の毒なことをしたわね」

会わなかった期間の出来事を伝えると、師匠は哀悼するように目を閉じた。

「正直なところ、私にとって彼女はそんなに重要なピースじゃなかったから。ただ、目端《めはし》の利く人だったから、ちょっとお手伝いをしてもらうというだけのつながりだった。余計な執着心を植え付けてしまったせいで、彼女の人生を狂わせたかしら」

「おもちゃを片付けたんですか」

何の話、と首を斜めにする亡霊に、私はより詳しい推論を話す。

「あなたにとって、理事長時代の犯罪は、学園全体を遊び場にした操り人形ごっこのようなものだった。遊びが終わったら、おもちゃは、おもちゃ箱にしまいこむでしょう？真舟さんは、しまい忘れたおもちゃだった。だから彼女との関係を私に教えて、始末させたんですか」

「考えすぎよ。私はそこまで外道じゃない」

過去の所業は外道そのものですけど、という視線を送ったせいか、

「確かに生前の私なら、そう振る舞ったかもしれないわね。でも、三十年も経っているのよ。私の中に、悪意も、殺された事実に関する怒りも残ってはいるけれど、大部分、摩耗している。ただ懐かしくなって、昔話をしただけ」

私は亡霊をまっすぐに見据える。今では使用されていない教員用の制服をまとっていなければ、そして全身がうっすら透けていなかったら、この人の容姿は、高校の制服さえ似合いそうなくらい若々しい。その姿で、自分の感情が年月に洗われ、劣化してしまったのだと語っている。

「大叔母さんの亡霊も、生前とは変わっていたりするんでしょうか」

「どうでしょうね。私も、死んでから一度も会えていないから」

亡霊を認識するためのトリガーが、素肌で遺骨に触れることだったとしたら、生身の

肉体が要求されるとしたら、亡霊のMも、大叔母さんも、お互いを認識できないという理屈になる。もしかしたらこの場所に時夜遊の亡霊も存在していて、誰もいない場所でしゃべり続ける気持ち悪い私を眺めているとも考えられるけれど、それを確認する術《すべ》はない。遊の遺骨はほとんど回収されたものの、それで本当に成仏できたのかはわからない。真舟さんをここへ連れてきた場合、遊の姿を確認できたのなら成仏していないと判定できるだろうが、見えない場合、「成仏はしていないが、真舟さんにも認識できない状態になっている」とも解釈できるから、答えは出ない。

「今になって思うの。私、何をしたって成仏できないんじゃないかって」

師匠は師匠で、自分の希望をひっくり返すような推測を放つ。

「師匠が自分で言ってた話ですよ。遺骨がこの地から離れたら成仏できる感覚があるって」

「その感覚自体、罰かもしれないわ。さんざん好き放題やっていた私に対しての」

誰がもたらす罰なのか、意見を聞きたかったけれど、ここは我慢する。

「生前の私は、世の中のすべてを憎んでいた。蔑《さげす》み、心の中で踏みつけにしていた。誰を利用しようが、使い捨てにしようが許されると思い上がっていた。その激情が、溢れほとばしる黒い毒水が、この滝の牢獄に閉じ込められ続けたせいで涸《か》れ果てて、何も感じられなくなってしまった。刺激に乏しい世界で、しぶきの数や小魚の跳ね方に慰めを見出すような毎日を送ってきたから、そうなるのも仕方ない。私の悪意なんて、おたまじゃくしの背中に生えた小さな苔より儚《はかな》く、無意味なものだった」

「いいことじゃないですか。悪意が薄れていくのなら」

「今の私は、それを受け入れている。けれども、生前の私にとっては地獄のような状況でしょうね。自分が変質して、挙げ句の果てにそれを歓迎するなんて」

だから罰なのよ、と師匠は自分を悼むように目を伏せた。

「これから何十年も経って、あなたが死んでも、学園が廃《すた》れて、もしかしたらこの滝さえ消失しても、私はこの場所から解放されることはなく、ただただ時の流れに色々な感情を落っことして、植物のような心に成り果ててもなお、あり続けるのかもしれないわ。そういう終身刑を科されているのではって最近考えるのよ」

「でも、大叔母さんも幽霊になってるじゃないですか。あっちは、そんな罰を受けるいわれはないはずですけど」

「ええと、それはそれ、別の仕組みが働いているんじゃない？」

突然、適当になったたな……

まあ、そんな風に解釈してくれるなら、私も助かる。

「じゃあ私としては、今後、師匠の遺骨の残り分も捜索するよう、企画とか立ち上げなくても構わない感じですかね」

大叔母さんの遺骨回集が終了した以上、学園の汚点とも言える人物の遺骨捜索作業を実行するのはかなり難しそうなので、やらなくていいなら助かると思ったけど、

「ダメよ。私の予想が外れる目もあるんだから、約束は守ってちょうだい」

甘くなかった。

「私の卒業までってわけにはいかなくなりそうですけど、かまいませんか」

「問題ない。あなたの性格からして、時夜遊の係累ってキャラを一生使い倒すつもりでしょう？　卒業してからだって、私の手を借りたくなるような窮地に陥るはず」

「私、クズみたいじゃないですか」

笑って抗議すると、亡霊は私のすぐ前まで移動して、まっすぐに見つめてきた。

「クズのまんまでいなさいな。清廉潔白な善人は、私に会いたいなんて思わないでしょう？」

「生前から寂しがり屋でしたか？」

「退屈が嫌いなだけよ」

逸らした視線が滝の水飛沫《みずしぶき》を追っている。

「せいぜい正気でいてくださいよ」

社交辞令に、ほんの一匙《さじ》のいたわりを絡めて、私は言った。

「うそつきの私には、いつか報いが訪れるかもしれません。破滅を迎えて、誰にも顧みられなくなった挙げ句、もうどうでもいいやって、この滝へ飛び込みたくなったとき、師匠に笑ってもらいます。ばかね、って」

「それも悪くないわね」

あっさり機嫌を直した亡霊は、私を向いて姿勢を正し、頭を下げた。

「では末永くよろしく、俗物さん」

気恥ずかしさを感じつつ、私は返す。

「こちらこそ、幽霊の名探偵さん」

参考文献

山田風太郎　『人間臨終図巻Ｉ』〈新装版〉徳間書店、二〇一一年

※本書は書き下ろしです。
この物語はフィクションです。
実在するいかなる個人、団体、
場所なども一切関係ありません。

二〇二五年四月十四日　第一刷発行
二〇二五年七月十六日　第二刷発行

名《めい》探《たん》偵《てい》再《ふたた》び

潮谷　験（しおたに・けん）
1978年京都府生まれ。第63回メフィスト賞受賞。
2021年、デビュー作『スイッチ　悪意の実験』が発売後即重版に。
同年『時空犯』で「リアルサウンド認定
2021年度国内ミステリーベスト10」の第1位に。
他の著書に、『エンドロール』『あらゆる薔薇のために』
『ミノタウロス現象』『伯爵と三つの棺』がある。

著　者　潮《しお》谷《たに》験《けん》
発行者　篠木和久
発行所　株式会社講談社
〒一一二―八〇〇一　東京都文京区音羽二―一二―二一
電話　（出版）〇三―五三九五―三五〇六
（販売）〇三―五三九五―五八一七
（業務）〇三―五三九五―三六一五
KODANSHA
本文データ制作　講談社デジタル製作
印刷所　株式会社ＫＰＳプロダクツ
製本所　株式会社国宝社
定価はカバーに表示してあります。
落丁本・乱丁本は購入書店名を明記のうえ、小社業務宛にお送りください。
送料小社負担にてお取り替えいたします。
なお、この本についてのお問い合わせは、文芸第三出版部宛にお願いいたします。

ISBN 978-4-06-539175-4　N.D.C.913 271p 19cm